KB068537

그럴 줄 알았다

그럴 줄 알았다

김경순
지음

그 밤, 숙소와 잇대어진 난간에서 갈매기 한 마리가 밤새 고성을 지르며 서성였다.
할 수 없이 갈매기의 하소연을 듣느라 밤을 지새우고 말았다.

혹시 그 갈매기도 차를 향해 달려오다
치이고 만 노새처럼 장님은 아니었을까?

바른북스

작가의 말

삶의 모퉁이에는 볼록거울이 있다

영화를 보러 가는 길이었다.

동네 길모퉁이를 돌아가는 순간 하얀 트럭과 충돌하고 말았다. 분명 모퉁이의 볼록거울도 확인했다. 모퉁이를 돌 때는 크게 돌아야 전방이 잘 보인다는 사실을 오늘 또 간과하고 말았다.

벌써 네 번째 수필집이다. 부끄러운 모습을 보여주는 일은 언제나 수나롭지 않다. 매번 고민하면서도 결국에는 또 이렇게 한 권을 세상에 내보낸다. 이번 수필집에는 2년 동안의 일상들을 담았다. 코로나19로 힘들었던 날들과 그 속에서 살아가는 주변 인연들의 모습이다.

최근 2년은 여러 가지로 의미 있는 해였다. 그림을 배우면서 또 다른 모습을 알게 되는 기회였고 큰딸이 아름다운 사람과 새로운 인연을 맺은 해였다. 또한 세 군데의 신문사에 글을 게재하며 치열하게 글을 썼고, 검정고시와 글쓰기 강의로 보람도 느꼈다. 무엇보다 '운정재'라는 나만의 서재가 생긴 해였다. 나이가 들어도 할 수 있고, 꿈이 있다는 것만큼 행복한 일은 없다.

코로나19는 이제 우리의 일상이 되어 아직도 진행 중이다. 하지만 처음 맞닥뜨렸을 때와는 다르다. 국민 절반 이상이 코로나 바이러스를 경험했다. 우리 가족도 남편만 빼고 4명 모두 코로나 바이러스로 아프고 힘들었다. 코로나19는 여전히 우리 곁에서 맴돌고 있지만 이제는 두려워하거나 무서워하지 않는다. 그러고 보면 삶과 바이러스는 비등한 면이 참 많다. 길모퉁이를 돌다 갑자기 보였던 트럭처럼 누구도 예상하지 못한 모습으로 허를 찌르니 말이다. 그나마 위안이 되는 것은 우리 삶의 모퉁이에는 볼록 거울의 장치가 곳곳에 숨어 있다는 사실이다.

조금은 다른 일상, 보이지 않는 길일지라도 꿋꿋하게 걸어가려 한다. 삶의 모퉁이에 있을 볼록거울도 꼭 확인하리라. 그것은 삶을 빛나게 해주는 윤슬을 만드는 일이라는 것을 알기에….

2023년 1월 운정재에서

목 차

3 그 노새는 장님이었다

4 겨울눈

5 바다에 눈이 내리면

6 운정재(雲庭齋)

7
인연의 색

1

꽃불

꽃을 안았다

겨울에 피는 꽃은 유독 경이롭다. 며칠째 강추위가 이어졌다. 땅도 꽁꽁 얼었다. 그런데도 땅속에서는 어느새 봄을 준비하고 있었던 모양이다. 며칠 전 눈발이 하나둘 날리는 날이었다. 옷깃을 단단히 여미고 마당을 나섰다. 우연히 화단을 보게 되었는데 통통한 무엇이 땅속에서 올라왔다. 거뭇거뭇한 나뭇잎에 덮여 구별이 쉽진 않았지만 허리를 숙이고 자세히 보니 복수초였다.

복수초는 손가락 한 마디만큼 올라와 아직은 때가 아니라는 듯 입을 꼭 오므린 채였다. 이리도 반가울 수가. 그런데 꽃 이름이 왜 하필 '복수초'일까. 백과사전에 의하면 복수초는 복(福)과 장수(長壽)를 상징한다고 한다. 복수초는 이름도 여러 가지이다. 이른 봄 산지에서 눈과 얼음 사이를 뚫고 꽃이 핀다고 하여 '얼음새꽃', '눈새기꽃'이라고 부르며, 중부지방에서는 '복풀'이라고도 부른다. 새해 들어 가장 먼저 꽃이 펴 원일초(元日草)란 별호도 있다.

'복수초'를 처음 심은 것은 아마도 10년 전쯤이었지 싶다. 어느 이른 봄날 논술 수업을 위해 방문한 집이 있었는데 정원 한 귀퉁이에 다붓한 노란 꽃들이 앙증맞게 피었다. 아직은 봄꽃이 올라오기 전이라 신기해 꽃 이름을 물어보았더니 아이의 할머니가 '복수초'라고 일러 주셨다. 며칠 후 꽃시장에서 사다 심어 놓았는데 해마다 잊지 않고 피어나고 있다. 처음 사 올 때는 모종 그릇 세 개였다. 그런데 이제는 제법 세를 늘려 화단 앞자리를 든든하게 차지한다.

'복수초'는 언제나 제일 먼저 화단을 밝히고는 다른 꽃들이 앞다투어 피어날 때 사라져 버린다. 그리고 여름이 되면 흔적도 없이 자취를 감춘다. 가을이 가고 겨울이 오도록 언제 있었냐는 듯, 집주인은 까마득히 잊고 만다. 그렇게 잊힌 복수초는 다시 겨울을 지나 봄이 오기 전 "나, 여기 있었지." 하며 머리를 내밀어 존재를 드러낸다. 조용하면서도 천천히 말이다.

며칠 전 올해도 잊지 않고 올라와 준 복수초가 고맙고 애틋해 지인에게 사진을 찍어 보냈다. 지인은 복수초를 보니 목성균 선생의 수필 〈얼음새꽃〉이 생각난다며 글을 보내 왔다. 조령산 꼭대기에서 잔설이 녹지 않은 언 땅을 헤치고 청초하게 핀 노란 꽃 두 송이를 보고 선생은 박 중사와 그의 미치갱이 아내가 생각난다고 했다. 선생의 중학교 시절 이야기이다. 이화령을 수비하던 부대가 정전이 된 후 해체되었는데 이북이 고향이었던 박 중사는 읍내의 미친 여자에게 그만 마음을 빼앗기고 만다. 선생은 방학이 끝나가던 어느 날 양지쪽 다랑논 논둑 아래에서 노란 반회장 겹저고리의 아내를 꼭 껴안은 박 중사의 모습을 본다. 둘의 모습은 마치 한 쌍의 원숭이가 꼭 끌어안고 털 고르기를 하는 듯했다. 다음 해 봄 아이를 낳다 난산으로 아내와 아이가 모두 죽자 박 중사마저 미쳐서 들녘을 헤매다 사라졌다고 한다. 선생에게는 노란 복수초 꽃 두 송이가 박 중사와 미친 아내의 애틋한 모습으로 겹쳐 보였던 것은 아니었을까.

복수초 꽃은 작고 앙증맞은 노란색으로 피어난다. 꽃 아래는 깃털 같은 잎이 수북하게 받쳐 준다. 박 중사가 자신의 억센 팔로 노란 반회장 겹저고리를 입은 아내를 껴안듯이 말이다. 우리 화단의 복수초도 열흘 후쯤 노랗게 꽃이 피어나리라. 그 꽃을 보며 박 중사와 그의 미치갱이 아내라 생각을 해보련다. 몰랐다면 모를까. 〈얼음새꽃〉의 사연을 듣고 난 다음에 어찌 그런 생각이 들지 않는단 말인가.

쓴맛

요즘 호미를 들고 집 주변을 어슬렁거리는 날이 잦다. 집 주변에는 밥상 재료가 지천이다. 꽃이 펴서 못 먹지만 얼마 전까지는 냉이도 제법 캤다. 지금은 달래와 씀바귀, 고들빼기, 취나물, 두릅이 한창이다. 많지는 않지만 한두 끼를 차려 낼 양은 충분하다. 냉이와 달래는 향이 얼마나 진한지 된장국이나 찌개를 끓이면 밥 한 그릇 뚝딱이다. 달래장을 콩나물밥에 얹어 비비면 다른 반찬이 필요 없다. 오늘은 고들빼기와 씀바귀가 주인공이다. 예전에는 입에도 대지 않던 음식인데 나이가 드니 이렇게 쓴 음식도 맛있게 느껴진다. 남편도 마찬가지다. 쓰고 신 음식은 절대 먹지 않던 사람이었다. 그런데 씀바귀를 넣은 비빔밥을 잘도 먹는다. 그동안 살아오면서 인생의 쓴맛을 적지 않게 맛보았기 때문일까.

요 며칠 방학이 찾아왔다. 검정고시가 지난주 토요일에 치러져 이번 주는 강의가 없다. 때마침 다른 강의들도 이달 말이나 돼야 시작이다. 우리 집은 단독 주택이라 봄이 되면 꽃들로 마당이 환하다. 하지만 좋기만 한 일이 어디 있을까. 마당 여기저기서 봄과 함께 불청객들도 등장한다. 어찌 이리도 많은 씨를 퍼트렸을까. 화단에 있는 야생화들은 내 바람과는 다르게 군데군데 올라오지 못한 것들이 많건만 마당의 풀들은 무얼 먹고 저리도 빼곡하게 푸른지 모르겠다. 더구나 며칠 전 내린 봄비는 모든 초록 생명들에게 영양제와도 같으니 얼마나 달고도 맛이 있었을까. 남편이 크고 작은 돌을 이리저리 맞춰 깔아 놓은 수돗가 주변을 먼저 공략하기로 했다. 호미로는 돌 틈 사이의 풀들을 뽑기에는 어림도 없어 가는 철사로 뽑아내기로 한다. 쪼그리고 앉아 뽑다 보니 다리가 저리고 손도 화끈거린다. 뽑히지 않으려 안간힘을 쓰는 풀들과의 씨름에 한나절이 훽 지나갔다. 이 풀들도 지금 이 순간 인생의 쓴맛을 보는 중이리라.

쓴맛은 꼭 필요하다. 삶이 달기만 하다면 보람이라는 뿌듯함도 용기라는 소중함도 알지 못한다. 검정고시를 준비하시는 분들은 60대에서 80대시니 하나같이 공부가 정말 힘들고 어렵다고 하신다. 그동안 쓰지 않던 머리를 쓰려니 얼마나 힘들지 짐작이 가고도 남는다. 쓴맛은 입맛을 돌게 하고 우리의 장기를 튼튼하게 만드는 역할을 한다. 그러니 공부를 하는 지금 이 순간이 삶의 심장을 튼튼하게 만드는 시간이라고 생각하면 어떨까. 씀바귀가 쓰다는 것을 모르는 사람은 없다. 하지만 쓴맛을 즐기는 사람은 그 뒤에 남는 깊고 진한 맛 때문에 또 찾게 된다. 어떤 이는 사는 데 하나도 지장이 없는데 뭐 하러 늦은 나이에 어려운 공부를 하느냐고도 한다. 하지만 공부를 하다 보면 힘들고 고통스러운 쓴맛 뒤에 깊은 혜안을 얻게 되고, 그렇게 자신만 아는 새로운 세계가 열리는 순간을 저절로 체득하게 된다.

안 먹어 본 사람은 있어도, 한 번만 먹은 사람은 없듯이 씀바귀가 꼭 그렇다. 씀바귀는 이상하게도 젊은이들보다는 어느 정도 삶의 터널을 지나온 사람들이 좋아한다. 마치 인생이 씀바귀와 같다는 듯하다. 공부도 마찬가지다. 뒤늦은 나이에 공부를 하시는 분들 중에는 고등학교 졸업 시험에 합격하면 그 맛에 취해 대학까지 진학을 하시는 분들이 적지 않다. 이분들이야말로 진정한 쓴맛을 즐기는 분들이란 생각이 든다.

심장을 튼튼하게 한다는 씀바귀, 그 쓴맛을 한 움큼 집어 양푼에 넣고 쓱쓱 비빈다. 매운맛을 좋아하는 남편을 위해 고추장을 듬뿍 넣고, 쓴맛을 좋아하는 나를 위해 씀바귀 한 움큼을 넣은 비빔밥이다. 매운맛, 쓴맛을 즐기는 우리는 아마도 천생연분인가 보다.

개구리 밭

언제 저리도 많아졌을까. 각양각색이다. 어떤 놈은 검은빛이 많은가 하면 어떤 놈은 초록빛이 많이 섞였다. 생김새도 배가 통통하니 한 덩치 하는 놈, 갸름한 얼굴에 날렵한 몸을 가진 놈이다. 지난봄 때만 해도 두세 마리가 가끔씩 눈에 띄었다. 그런데 얼마 전 우리 집 작은 연못을 유심히 들여다보다 꽤 많은 개구리를 발견했다. 작년까지만 해도 연못 가운데에는 부들이 무성하게 자랐다. 그런데 올해는 부들 몇 포기만 간신히 살아남아 엉뚱한 곳에 자리를 잡았다. 그러다 보니 부들이 자랐던 곳은 뿌리가 엉켜 단단한 둔덕이 되었다. 둔덕이 된 그곳에서 이제 평소에도 네다섯 마리의 개구리들이 눈에 띈다.

사실 작년까지만 해도 금붕어와 민물붕어들이 연못을 지켰다. 하지만 유난히도 추웠던 작년 겨울을 나지 못하고 모두 죽어 버렸다. 붕어들이 사라진 자리를 개구리들이 채워 가는 모양새다. 그동안 드문드문 보이던 개구리들이 여름이 지나가자 갑자기 개체수를 늘리기 시작했다. 올 장마 때도 개구리 소리는 많이 듣지를 못했다. 어디서 소식을 듣고 온 것인지, 아니면 우리 연못에서 태어난 녀석들인지 알 수가 없다. 노랑어리연꽃 사이로 머리를 내밀고 있는 녀석들을 보니 어림잡아도 열두어 마리는 되고도 남는다. 부들의 둔덕에도 네다섯 마리, 마치 개구리 밭처럼 보였다.

"각머구리 끓듯 한다."라는 말이 있다. 개구리 소리가 얼마나 시끄러우면 이런 속담이 생겨났을까. 개구리들이 밤이나 비 오는 날 시끄럽게 울 때는 그만한 이유가 있다. 피부로도 호흡을 하는 개구리는 밤이나 비가 오는 날이면 피부가 촉촉해지고 그만큼 호흡하기도 좋으니 기분이 좋아진다고 한다. 그래서 개구리들이 신나게 우는 것이다. 이쯤 되면 개구리들이야말로 기분파라고 불러도 되지 않을까. 하지만 요즘처럼 환경 파괴가 심각한 세상에서는 개구리 소리가 그립기만 하다. 여름날, 비가 오는 날이면 시끄럽게 울어 대는 개구리 소리도 자장가인 듯 정겹다. 이제는 밤이면 제법 선득한 바람이 불어서인지 비 오는 날인데도 울음소리는 들리지 않는다.

어느새 추석도 코앞이다. 올 명절은 또 어떤 수많은 울음들이 들릴까. 가족들이 모이는 명절, 당연히 행복해야 하지만 그렇지 못한 사람들이 많다. 물론 집안마다 예전에 비해 허례허식을 많이 줄여 가고 있다고 한다. 그럼에도 여전히 여자들의 희생을 강요하는 집안이 심심찮게 보인다. 명절만 지나면 이혼을 하는 부부, 형제간에 일어나는 재산 다툼 등도 명절 때마다 올라오는 단골 신문기사들이다.

비 오는 날이면 개구리가 떼를 지어 신나게 노래를 부르듯, 이번 추석에는 우리의 행복한 노래가 담을 넘어 온 동네가 시끄럽도록 들렸으면 좋겠다. 그나저나 아까 보았던 개구리들은 왜 그리 많이 모여 있었을까? 아마도 겨울을 나기 위한 긴급회의를 하는 중이었을까? 혹시나 하는 마음에 귀를 쫑긋 세워 보지만, 들리는 건 요란하게 창을 두드리는 가을비 소리뿐이다.

계란 꽃

휘어지고 굽은 소나무다. 얻어 올 때부터 분재 철사로 여리고 작은 몸을 칭칭 감아 놓은 상태였다. 우리 집에 온 지 3년 만에 몸에 깊게 박힌 철사들을 제거해 주었다. 연못의 가장자리에 심어 놓은 소나무는 올해로 8년째가 다 되어 간다. 이제는 제법 어른 키를 훌쩍 넘길 만큼 컸다. 줄기도 굵어져 어떤 바람에도 부러지지 않을 만큼 강하다. 그런데 크면 클수록 의심이 든다. 분명 조선 소나무라고 했다. 한데 우리 집에 오는 이들마다 하나같이 조선 소나무가 아니라고 입을 모은다.

아무리 봐도 바늘잎이 두 개이니 조선 소나무는 맞다. 하지만 잎이 빳빳하고 억세며 진한 녹색이니 그도 아닌 듯도 하다. 산에서 흔히 보는 소나무는 연한 녹색으로 잎도 부드럽다. 확실한 게 좋다 싶어 인터넷에 검색을 했다. '조선 소나무의 구별법'이라고 치니 자세하게 나온다. 답을 찾았다. 바로 '해송(海松)'이라 불리는 곰솔이었다. 모래사장이나 바닷가에서 보던 해송이 우리 집에서 자란다니, 영광이라고 해야 할까. 어쩐지 강하다 했다. 짠 공기를 마시면서도 살았으니, 우리 연못이야 얼마나 편안한 안식처였을까. 그곳이 어디든 뿌리를 내리고 삶의 터전으로 만들어 버리는 적응력에 감탄할 뿐이다. 그나저나 곰솔은 곧게 자란다는데 어릴 때부터 휘고 굽게 했음에도 저리 무던한 걸 보면 어지간히도 참을성이 강한 녀석인가 보다. 그나마 요즘은 굽고 휘었던 줄기가 많이 펴지고 있다. 다만 너무 큰 나무가 될까 싶어 봄이면 위로 뻗은 가지는 잘라 주고 연못을 향해 뻗은 줄기는 살리고 있는 중이다.

삶에 적응하는 능력을 가진 게 어디 곰솔뿐일까. 비가 한 줄금 내리기라도 한 다음 날이면 지상 여기저기에서 알 수 없는 식물들이 자신들의 존재를 알린다. 그중에서도 망초는 덩치도 제일 크고 빨리 자란다. 그동안 망초가 우리 토종 식물이고 개망초는 귀화식물인 줄 알았다. 하지만 망초와 개망초 모두 토종 식물이 아니라는 사실에 놀랐다. '망초', 어찌 이름을 그리 지었을까. 더구나 망초의 '망' 자를 망할 '망' 자로 쓴다니 더 궁금했다.

북아메리카가 고향이라는 망초는 1890년대 이후 우리나라에 들어왔다. 아마도 일본이 경인선 철도를 건설할 때 침목에 묻어 들어왔던 모양이다. 서구열강의 경제 침탈과 일본에 의한 강제합병으로 조선왕조가 멸망하던 시기였으니 우리나라 국민으로서 갑자기 퍼지는 그 꽃이 달갑지 않았을 터이다. 그래서 붙여진 이름이 망국

초, 망초였다고 한다. 망초 입장에서 보면 억울할 만도 할 일이다. 빈 밭은 물론이요 빈집 가득 제일 먼저 싹을 틔우고 꽃을 피워 내는 개망초는 어린 시절 우리들의 소꿉놀이 밥상에 단골로 올라오던 반찬이었다. 계란 꽃, 꽃이 마치 계란 프라이를 닮아 우리는 언제나 푸짐하게 계란 꽃으로 밥상을 차려 내곤 했다. 먹거리가 풍족하지 않았던 시절 계란 꽃은 우리들의 마음을 넉넉하게 해주었다.

시대와 상황에 따라 모든 것은 달라지고 변한다. 식물과 동물, 인간까지도 환경에 맞추어 변화하고 적응하며 삶을 이어 간다. 어쩌면 우리가 겪는 지금의 혼란도 변화의 한 과정이라는 생각이 든다. 요즘은 생활의 변화를 이야기하라면 코로나 이전과 이후로 이야기하는 게 당연할지도 모르겠다. 당연했던 모든 일들이 이제는 특별하고 소중한 일이 되었다. 그러고 보면 어디에 붙박든 묵묵히 삶을 이어 가기 위해 애쓰는 모든 작은 생명들에게 경외심이 드는 건 당연한 일이라는 생각이 든다.

조선 소나무가 아닌 곰솔이면 어떻고, 망(亡)초가 아닌 계란 꽃이면 어떨까. 지금의 자리가 꽃자리라고 생각하면 그만일 텐데….

공염불을 외는 밤

밤이면 제법 선득한 바람이 분다. 예전 같으면 바다에서 며칠을 보내고 와서야 가을을 맞았을 테지만 올해는 집에서 그냥저냥 지내다 보니 벌써 계절이 바뀌고 말았다. 그도 그럴 것이 잦아들지 않는 코로나 확진자 수에 차마 떠날 용기가 나지 않았다. 나도 나이가 들긴 들었나 보다. 남해로 여행 간 아들이 택배로 선물을 보내 왔다. 코로나로 멈춰진 것들이 얼마나 많았던가. 피 끓는 청춘들의 발걸음을 막을 수가 없어 그저 조심하라는 당부만을 할 수밖에 없었다. 아이들에게는 잔소리로 들릴 테지만 그마저 하지 않으면 안 될 듯싶었다. 계절이 바뀌어서 그런지 밤이면 들리는 풀벌레 소리가 참 정겹다. 집을 둘러싼 지천이 온통 남새밭이니 누리는 호사다. 그런데 열어 놓은 창문으로 보이는 달이 오늘따라 슬퍼 보였다. 조금 전 읽다 만 책 때문인가 보다.

“그것은 가을날 밤이었다. 나는 철장 바깥으로 고요히 흘러들어 오는 달빛에 홀리어 똥통 위로 머리를 올리어 하늘을 쳐다보았다. 〈저 달을 베어 내 마음 만들고자〉 하는, 시조의 생각도 난다. 나는 참을 길이 없어 달을 두고 시 한 수를 지었다. 그리고는 그날 밤 늦게까지 달빛을 보면서 지냈다.”

한용운 수필집의 〈월명야에 일수시〉라는 글에 나오는 한 부분이다. 이 글은 1919년 3·1운동으로 옥고를 치렀던 때를 회상하며 쓰신 글이다. 선생은 그때 “정서조차도 조각조각 바서져 버리는 때가 어떻게 많았는지 모른다. 철창 밑에서 바라보던 그 달을 영원히 잊지 못한다.”고 소회하셨다. 물론 달은 언제나 같은 모습으로 떠올랐을 테다. 하지만 그 달을 보고 있는 사람의 마음 상태, 공간, 순간의 상황에 따라 달리 보일 수밖에 없다.

몇 년 전 세미나에서 문학상을 타고 축하를 받은 일이 있다. 그날 밤에도 달은 휘영청 밝았다. 동인들의 축하를 받으며 오랜만에 거하게 마신 탓에 술도 깰 겸 밖으로 나왔다. 건물 계단참에 앉아 하늘을 바라보았다. 왜 그리도 달빛이 아름답던지, 달은 희뿌연 달무리까지 대동을 하고 빤히 내려다보고 있었다. 대견하다며 얼굴을 쓰다듬고 어깨를 토닥여 주는 듯했다. 한참을 그렇게 온몸으로 달빛을 받으며 행복했다. 독립투사들이 갇혀 있던 그 철장 문을 처연히 비추던 달과 행복에 취해 있던 나를 감싸던 그 달은 분명 같은 모습이었을 테다. 하지만 그 순간 다르게 느껴진 것은 마음 때문이다. 결국 우리 몸을 지배하는 것은 마음이라는 얘기다. 그럼에도 여전히 마음이 아니라 겉모습에 잡혀 애면글면한다. 달이 아름다워 보였다가도 어느 날에는 처연해 보이는 날이 허다하다. 이제부터라도 마음을 단단히 매어 두고 달이 거울이라 생각하며 살아야겠다.

거울을 꺼내듯 창문을 슬그머니 열었다. 달빛이 이리도 고울 수가, 눈을 감으니 부드러운 달빛이 얼굴 위로 슬그머니 내려앉는다. 이내 달빛에 취해 부지불식중에 비몽사몽이 되었다. 아뿔싸, 눈을 크게 떠야 할 것을 맥없이 눈을 감아 버리니 달이 어찌 거울이 될 것인가. 오늘 밤도 여지없이 공염불이 되었구나.

거미가 사라졌다

어제는 온종일 비가 왔다. 단비인 건 맞지만 걱정이 되어 발코니를 들락날락했다. 10년 전쯤 집을 새로 지으면서 발코니와 담장 사이에 연못을 만들었다. 연못에는 부들을 비롯한 수련, 백련, 노랑어리연꽃과 같은 수중 식물뿐 아니라 민물붕어와 금붕어들도 산다. 크지 않은 연못이지만 멀리 나가지 않아도 정취를 느낄 수 있어 좋다. 작은 연못은 사람에게만 즐거움을 주는 것은 아닌 듯하다. 봄이면 개구리도 찾아와 울어 주고, 무더운 여름날에는 가끔씩 백로가 연못을 기웃거리기도 한다. 가을이면 연못 위로 고추잠자리가 맴을 돌며 사랑의 춤판을 벌인다.

물론 거미도 연못 중앙에 키 큰 부들 사이로 집을 지어 놓고 사냥을 즐기곤 했다. 며칠 전, 그날은 날도 화창했다. 거미 요 녀석, 부들이 아직 키가 크지 않아서일까. 아니면 영역을 넓히기로 작정을 한 걸까. 발코니 난간과 연못 가장자리에 심어 놓은 소나무를 지지대 삼아 거대한 집을 지어 놓고 사냥 중이었다. 거미줄에는 이미 사냥감들이 형체를 알아볼 수 없을 정도로 작은 찌꺼기가 되어 매달려 있었다. 거미는 배불리 먹었는지 가는 다리에 비해 배가 통통했다. 그렇게 줄을 타고 다니던 녀석이 비가 오는 어제는 보이지 않았다. 거미줄도 빗줄기에 처참하게 망가진 상태였다.

오늘 아침에는 가랑비도 잠시 소강상태다. 녀석이 궁금해 나가 보았다. 그런데 너덜너덜하던 집은 어디 가고 튼튼한 거미줄이 턱 버티고 있었다. 거미줄에는 아직 아무런 먹잇감도 잡히지 않았다. 그도 그럴 것이 이 비에 어느 누가 다닐 수가 있었겠는가. 부지런하기도 하다. 비가 그치면 다시 찾아올 먹잇감을 위해 만반의 준비를 해 놓았다. 줄을 살짝 흔드니 작은 몸집의 거미가 슬금슬금 움직였다. 집을 짓느라 체력을 다 소진한 탓인지, 아니면 먹이를 먹지 못해서인지 이렇게 거대하고 멋진 집을 지었다고는 믿을 수 없을 만큼 왜소했다.

인간뿐 아니라 모든 생물은 생존을 위해 진화를 거듭하며 살아간다. 사냥감을 놓치지 않기 위한 거미의 진화는 놀랍기만 하다. 먹잇감은 거미줄을 맞닥뜨려야 볼 수 있다고 한다. 작은 거미의 집짓기를 보며 인간의 이기심이 이렇게도 부끄러울 수가 없다. 지금 이 순간에도 작은 생물들은 생존을 위해 끊임없이 몸을 움직이고 경쟁을 한다. 과연 만물의 영장이라는 우리 인간들의 움직임을 작은 생물들의 움직임과 비교나 할 수 있을까. 어쩌면 지금껏 지구를 지탱

해 온 것은 작은 생물들의 움직임과 희생이 아닐까란 생각이 든다.

보슬비가 그치고 구름 속에 감춰졌던 해가 나오자 거미줄이 금빛으로 빛난다. 작은 거미가 뽑아낸 금실이다. 그 옛날 베 짜는 솜씨가 뛰어난 아라크네가 거미로 환생했다더니 역시 그 말이 사실인가 보다. 한참을 그렇게 아라크네의 솜씨에 넋을 잃은 채 붙박이가 되고 있는 중이다.

꽃불

부엌으로 난 창문 너머로 분홍빛 불이 켜졌다. 어디서 날아와 어느 곁에 자리를 잡은 것일까. 빛깔이 너무도 고와 요즘 남편과 부엌 창문 앞에서 곧잘 붙박이가 되곤 한다. 작년에는 한 그루뿐이었는데(아니 곁에 있었을지도 모르지만) 올해는 두 그루의 개복숭아나무에 분홍빛 고운 꽃들이 조랑조랑 매달렸다. 오늘 아침에도 우리는 개복숭아 꽃을 보며 각자 하고 싶은 이야기를 하느라 바쁘다.

"역시 개복숭아 꽃보다 예쁜 건 없어."

"올해도 누군가 몰래 열매를 따 갈까?"

"이번에는 잘 지킬 거야."

뒷집은 주인 할머니가 4년이 넘도록 요양원에서 돌아오지 못하자 폐가가 되고 말았다. 앞마당에는 어디서 날아와 자리를 잡았는지도 모를 나무들이 여기저기 덩치를 키우고 있고, 덩굴 식물들은 앞마당을 비롯해 뒷마당까지 점령해 버렸다. 올해도 어김없이 덩굴 식물의 후손들은 왕성한 생명력을 자랑하리라. 저리도 예쁜 것을, 겨울에는 죽은 듯이 숨죽이고 기척도 없더니만 봄이 되니 여기저기서 꽃불의 스위치를 딸깍하고 켜 놓았다.

꽃불을 켜는 것이 어디 자연뿐이겠는가. 얼마 전 동해안의 산불로 피해를 입은 주민들의 안타까운 소식이 방송으로 전해지자 많은 사람들이 모금으로 마음을 보탰다. 봄이 시작되자 건조해진 탓에 작은 불씨가 온 산을 태우고 있다는 소식이 하루가 멀다 하고 연일 뉴스를 장식했다. 불은 산을 따라 띠를 만들며 타들어 가고 그것을 지켜보는 사람들의 마음도 함께 바짝바짝 타들어 갔다. 이번 동해안의 산불 피해는 서울 면적의 3분의 1이나 되었다. 화마가 휩쓸고 간 자리에는 삶의 터전을 잃어버린 주민들의 한숨과 시름만이 가득했다. 그곳에 따뜻함을 불어넣어 준 것은 바로 사람들이 만들어 준 꽃불이었다.

하기야 가만히 생각해 보면 우리는 위기일 때 더욱더 마음이 따뜻해지곤 했다. 1997년 우리나라가 국가 부도 위기에 처했을 때 국민들은 모두가 한마음이 되어 나라의 빚을 갚기 위해 금 모으기 운동에 동참했다. 더 거슬러 올라가 보면 우리 선조들은 일제에 진 빚을 갚기 위해 1907년 국채보상 운동을 벌인 민족이었다. 남정네들은 담배를 끊어 저축했고, 여인네들은 비녀와 가락지, 노리개를 내놓고, 심지어 머리털을 잘라 팔기도 했다. 물론 일본의 간계로 성공은 하지 못했지만 그 정신은 어느 나라도 따라올 수 없을 만큼 숭고했다. 그렇게 나라가 위기를 맞을 때마다 우리 선조들은 한마음으로 꽃불을 피워 내곤 했다. 그러한 조상들의 후예이니 그 따뜻한 마음이 어디로 가겠는가. 분명 강원도 산불 피해자들도 국민이 켜주는 따뜻한 꽃불로 기운을 차리고 일어서리라 본다.

끝나지 않을 것 같던 코로나의 어두운 터널도 봄이 오니 서서히 꽃과 함께 밝아 왔다. 정부의 방침에 따라 이제는 사회적 거리두기 전면 해제가 결정되었다. 물론 마스크를 벗어 던지지는 못하지만 그래도 그동안 만나지 못했던 사람들과 밥을 먹고, 차도 마시며 밀렸던 이야기를 실컷 나눌 생각을 하니 벌써부터 설렌다. 얼마나 힘들었느냐고, 잘 견뎌 줘서 고맙다는 말도 잊지 않고 건네며 등을 토닥여 주리라. 그리고 꽃들이 꽃불을 다 끄기 전에 봄나들이를 떠나는 꿈도 꾸어 보련다.

변명

12월이 되자 시골 읍내 공원 중앙에는 대형 트리가 자리를 잡았다. 어둠이 비처럼 내리는 시간, 세상은 고요하게 기도를 시작한다. 공원의 트리는 그때부터 자신의 존재를 드러낸다. 번쩍번쩍, 마치 12월의 쓸쓸함을 위로라도 하듯이. 그렇잖아도 조용한 시골 읍내가 짧아진 해로 더욱더 스산하기만 하다. 코로나 바람은 이 작은 도시까지 날아와 사람과 사람의 관계마저도 얼려 버리고 말았다. 누구라도 부지불식간에 맞을 수 있는 재앙이기에 그 누구도 믿지 못하는 세상이 되었다. 위드 코로나가 시작된 지 한 달여, 모임이 재개되고 우리는 다시 일상으로 돌아온 줄 알았다. 방송을 통해 외국 여행을 떠나는 사람들의 소식도 간간이 들려왔다.

대학가도 활기를 되찾는 듯해 보기 좋았다. 태양이 붉은색으로 서쪽 하늘을 물들이는 시간, 그제야 대학으로 글쓰기 강의를 간다.

이상하게도 어둑해질 때면 그리움이 밀려온다. 아마도 그건 석양이 만들어 낸 조화 탓이리라. 지난 학기 대학가는 쓸쓸했다. 강의가 끝나고 건물 밖으로 나와 보면 세상은 어느새 어둠에 잠식되어 버리고, 인공의 불빛이 태양의 역할을 하고 있었다. 예전에는 그리도 북적이던 주점들이었다. 하지만 코로나로 모두가 정지되니, 대학 교정도 상점들도 휑하니 주인을 잃어버리고 말았다. 그런데 요즘은 대학가가 활기를 되찾았다. 규모는 훨씬 축소되었지만 축제도 열렸다. 무엇보다 대학교 앞으로 즐비한 상점들이 생기가 돌았다. 맛집에는 줄을 서서 기다리는 학생들의 모습도 보였다.

좋으면서도 불안한 건 왜일까. 걱정이 많아진다는 것은 나이 듦의 징후라는데 제발 기우이기를 바랐다. 하지만 기우가 아니었다. 봇물이 터지듯 사람들은 거리로 쏟아져 나왔다. 그동안 못했던 놀이도, 먹고 마시지 못했던 음식도 마음껏 즐겼다. 상인들의 얼굴에도 화색이 돌았다. 하지만 하루하루 시간이 갈수록 코로나 확진자의 수가 걷잡을 수 없을 지경으로 늘어났다. 결국 정부에서는 다시 사람들의 거리를 떼어 놓았다.

노스탤지어, 지나간 날들이 이토록 그리울 수가 없다. 어제는 남편과 오랜만에 밤 산책을 나갔다. 어쩌다 나가 보면 그래도 사람들이 왕왕 보였는데 오늘은 우리 둘뿐이다. 그래서인지 주위가 더욱 고요했다. 남편은 운동이라 했지만 나는 산책이다. 운동보다는 천변의 밤을 구경하기 바쁘다. 낮에는 훤히 보이는 천변이지만 밤에는 자세히 보아야만 한다. 밤에 듣는 물살도 낮과는 다르다. 그것은 아마도 눈보다 귀가 더 요긴하게 쓰이기 때문일 게다. 물살이 유난히 일렁이는 곳을 따라가 보면 그곳에는 오종종하게 모여 노니는 물오리 떼가 있다. 물도, 돌도, 오리도 검으니 어느새 숨은그림찾기로 바빠진다. 어쩌다 물오리를 발견하기라도 하면 어찌나 반가운지 저만치서 열심히 걷고 있는 남편을 불러 세우곤 했다. 미끄러지듯 헤엄치는 물오리의 모습이 평화롭기만 하다.

코로나로 두려운 건 사람뿐이다. 자연은 조용하고 묵묵하게 자리를 지켜 왔다. 북적이고, 요란한 건 사람이었다. 그리고 바이러스를 만들고 불러온 것도 사람의 욕망과 욕심 때문이다. 지금 우리가 느끼는 불안과 고통은 당연한 결과이다. 그런데도 우리는 작고 힘없는 동물들을 원망한다. 바이러스를 옮길까 두려워하면서 말이다.

작은 발소리에도 물오리들은 물살을 가르며 사람들과 거리를 두기 바쁘다. 어쩌면 물오리들은 이미 적당한 거리를 터득했는지 모른다. 서로에게 피해를 주지도 받지도 않는 거리, 우리 사람만이 그 거리를 지키지 못하는 것은 아닐까. 이제 와서 그 어떤 변명을 한다 해도 인간이 자연에게 끼친 피해를 용서받을 수는 없다. 설사 그렇더라도 일말의 양심을 거름 삼아 자연의 소리에 귀 기울이며 조심조심 살아갔으면 좋겠다. 그래야 이울어 가는 저녁놀 앞에서 삶은 아름다운 것이라고 마음껏 외칠 수 있지 않을까.

소금쟁이 철학

겨우내 얼었던 연못이 녹자 제일 먼저 찾아온 녀석은 소금쟁이였다. 작년에 그 많던 금붕어와 민물붕어가 이유도 모른 채 모두 죽어 나가고, 휑하던 연못의 허전함을 물달팽이와 우렁이가 그나마 채워 주고 있던 차다. 짐작으로는 연못과 이웃하고 있는 앞집에서 고추 농사를 지으면서 일주일이 멀다 하고 소독을 해댔으니 그 농약이 아무래도 연못에 영향을 주었다는 생각이 든다.

가볍기도 하다. 다리가 몸통에 비해 두 배는 길다. 몸도 가늘고 길어 자세히 보아야만 한다. 소금쟁이는 물에 빠진 곤충의 체액을 빨아 먹고 살아가는 육식성 곤충이다. 저렇게 작은 녀석이 육식성이라니 겉모습만 봐서는 모른다는 말이 소금쟁이를 두고 하는 말인 듯하다. 사람의 기척에도 얼마나 예민한지 자세히 보려 몸을 숙이니 벌써 저만큼 달아나 버린다. 예전에는 소금장수들을 일컬어

'소금쟁이'로 부르기도 했다고 한다. 소금장수들이 소금을 등에 지고 가는 모습이 소금쟁이와 닮아서일까.

4월, 벌써 남쪽은 꽃 소식으로 들썩인다. 아직 코로나로 세상은 뒤숭숭하지만 자연은 아무렇지도 않다는 듯이 제 할 일을 하고야 만다. 상춘객의 발길이 이어지든 말든 나무들은 또 꽃을 활짝 피워냈다. 우리 집 화단에도 진달래와 목련이 꽃망울을 터트리기 시작했다. 그런데 목련은 밤사이 서리를 맞았는지 깨끗하지가 않다. 봄볕을 따라 피어나다 밤사이 찬 기운에 꽃잎이 언 모양이다. 작년에도 목련꽃은 제빛을 발하지 못했다. 급작스레 추워진 날씨에 목련 꽃송이는 하나같이 누렇게 변하고 말았다. 우리 집 목련은 추위에 왜 이리도 약한지 모르겠다.

이상하게도 목련나무 앞에 서면 마음이 불안하다. 작고 예쁜 꽃망울이 내일 아침이면 누렇게 변하지 않을까 하는 노파심에서다. 5년 전 4월에도 목련은 어김없이 꽃망울을 터트렸다. 우리 집에는 백목련과 자목련이 있다. 그런데 자목련은 백목련에 비해 피는 시기가 조금 늦다. 세월호 아이들이 바닷속으로 사라진 4월의 봄, 그 해 우리 집 자목련도 밤사이 추위에 얼어 누렇게 변했던 모습이 잊히질 않는다. 꽃들이 지천을 온통 물들이는 계절, 누군가의 가슴에는 눈물과 고통으로 피멍이 드는 계절이기도 하다.

연못에는 너덧 마리의 소금쟁이가 천천히 물 위를 노닐고 있다. 그러고 보니 소금쟁이야말로 무위자연의 경지에 오른 도인이란 생각이 든다. 바람이 부는 대로 물결이 이는 대로 급하지도 빠르지도 않게 유유자적한다. 소금쟁이의 모습을 물끄러미 보고 있노라니 참으로 어리석기가 그지없다는 생각이 든다. 닥치지도 않은 일을 걱정하고, 지나간 일에서도 헤어 나오지 못하며 애면글면한다. 그러니 언제나 몸과 마음이 무거울 수밖에 없지 않은가. 순간 소금쟁이의 모습이 죽비 소리로 다가와 일침을 놓는다. 가벼움은 무거움의 반대말이 아니라 깊고 넓으며, 비움의 다른 말이라고….

조어(弔漁) 제문(祭文)

구피가 죽었다. 어쩌면 예견된 일일지도 모른다. 그리 오랜 세월을 홀로 살았으니 그럴 만도 하다. 외로움은 사람만 타는 것이 아닌 모양이다. 죽은 구피가 처음부터 혼자는 아니었다. 우리 집 구피 어항은 옹기로 된 수반이다. 내가 구피를 기르기 시작한 것은 아마도 20년은 족히 되었지 싶다. 어느 해인가 막내 아이가 어린이날 행사장에서 구피 몇 마리를 얻어 오면서부터였다. 구피들의 번식력은 왕성했다. 다른 집 구피는 새끼를 잡아먹기도 해서 번식이 쉽지 않다는데 우리 집 구피들은 그렇지 않았다. 옹기 어항 때문이라고 생각을 했다.

우리 집에 오는 지인들은 부러워했다. 조금 과장을 하자면 크지도 않은 어항 안은 고기 반 물 반이라고 해도 과언이 아니었다. 구피를 키우기 시작하고 5년이 지나고부터 무료로 분양을 해주기 시작했다. 구피를 기르지 않던 사람도 우리 집 구피를 보고는 욕심을 냈다. 그때는 구피에 대한 인심이 정말 넉넉했다. 곳간에서 인심 난다고 했던가. 그리도 분양을 많이 해 주었음에도 화수분인 듯 옹기 어항 안의 녀석들은 언제나 복작복작 댔다. 그런데 2년 전부터 이상했다. 구피가 점점 줄어들기 시작한 것이다. 그럼에도 누군가 찾아와 구피가 죽었다며 울상을 지으면 선뜻 물속에서 건져 주었다. 그런데 급기야 작년에는 열 마리, 다섯 마리, 세 마리까지 줄고 말았다. 거기다 세 마리가 모두 수놈이었다. 결국 작년 여름에는 한 마리만 남고 말았다. 어느 가을날, 구피가 한없이 외로워 보였다. 가을은 남자의 계절이라지만 혼자보다는 둘, 셋이 나을 것 같아 암놈 두 마리를 구입해 어항에 넣어 주었다. 예상이 맞았다. 생기가 없던 수놈은 암놈에게 꼬리를 흔들며 따라다니기 바빴다. 행복해 보였다. 하지만 수놈의 행복한 시간은 오래가지 못했다. 며칠 전 암놈 두 마리가 움직임이 둔하더니 죽고 말았다. 혼자 남았던 수놈도 무슨 이유였는지 이틀 뒤 바닥에서 죽어 있는 것을 발견했다.

만시지탄, 이렇게 어리석을 수가 없다. 그동안 구피가 죽어 나가는 것에 의구심만 품었다. 어떻게 고쳐 줄지는 생각하지 안했다. 그동안 우리 집 강아지나 고양이가 아프면 지체하지 않고 동물 병원으로 달려갔다. 그런데 구피가 죽어 나갈 때는 방관만 했다. 아니 병이라고도 생각지 않았다는 말이 옳다. 고려시대의 시인이자 철학가인 이규보의 〈슬견설〉이 아둔함을 꼬집는 듯하다. 어느 날 작가의 집으로 손님이 찾아왔다. 손님은 길에서 어떤 사람이 몽둥이로

개를 죽이는 것을 보고 마음이 아파 견딜 수가 없다고 했다. 그 말에 작가는 어떤 사람이 이를 잡아 이글거리는 화로에 태워 죽이는 것을 보고 마음이 아파 더는 이를 잡지 않기로 했다고 화답을 했다. 손님은 육중한 짐승인 개와 미물인 이를 비교한 것에 화를 냈다. 이에 작가는 무릇 피血와 기운氣이 있는 것은 사람만이 아니며 소·말·돼지·양·벌레·개미에 이르기까지 살기를 원하고 죽기를 싫어하는 것이 한결같은데 어찌 큰 놈만 죽기를 싫어하고 작은 놈만 죽기를 좋아하겠냐고 설명을 해주었다. 결국 작가는 〈슬견설〉을 통해 모든 생물들에게 생명의 값어치는 같으며 소중하다는 것을 설하고 있다.

강아지와 고양이의 눈에 눈곱이 끼거나 낑낑거리거나, 밥을 먹지 않는 모습을 보면 안아 주고 안타까워하며 함께 아파했다. 하지만 물속에 있는 구피들은 움직임이 둔해져도 먹이를 잘 먹지 못해도 무심하게 지나쳤다. 혹시 그동안 목숨의 크기를 잰 것은 아니었을까. 아둔함으로 인해 수많은 생명을 잃게 했음에 참회한다. 이에 늦게나마 구피의 죽음을 슬퍼하며 간단하게나마 제문을 지어 애도하고자 한다.

"짧은 생 살아간 구피여, 이곳에서의 아픔과 외로움 모두 잊고 이제 극락에서 부모 형제와 더불어 만복을 누리고 내세에는 구피계의 영걸로 태어나 강인하고 멋진 삶을 이어 가소서."

2

얼굴 풍경

일상

건너편 낮은 돌담집의 남자는 한참 동안 전화기를 붙잡고 누군가와 실랑이를 벌이는 중이다. 한 손에는 타다 만 담배를 들고 가끔씩 속이 타는지 담배를 몇 모금씩 급하게 빨고는 다시 또 전화에다 대고 무어라 말을 한다. 아무래도 일이 잘 풀리지 않는가 보다. 담은 있지만 그저 경계의 용도일 뿐 누구라도 언제든 그 집 마당을 들여다보는 게 어렵지 않다. 이런 집이 지천인 이곳은 제주도다. 여행을 온 지 오늘로 3일째다.

오늘은 아침 겸 점심으로 대충 끼니를 때우고 고샅을 둘러보려 길을 나섰다. 배낭에 오이 두어 개를 반으로 잘라 넣고 운동화 끈도 단단히 맸다. 울퉁불퉁 모양도 제각각이고 구멍도 숭숭 뚫린 담들이 보면 볼수록 신기해 만져 보기도 하고 기대어 서 보기도 했다. 이곳저곳을 살피며 걷다 보니 동네 한 바퀴 도는 것도 몇 시간이 걸렸다. 돌담 너머로 보이는 마당에는 어른 주먹 두어 개는 흡족히 되고도 남을 귤들이 주렁주렁 달렸다. 가만 보니 이런 커다란 귤이 달린 나무가 있는 집은 이 집 말고도 꽤 많았다. 아니 그런 나무가 없는 집을 찾기가 더 쉬웠다. 그날 저녁 여름에 먹는 귤이라 하여 '하귤'이라고 부른다는 것을 펜션 주인을 통해 알게 되었다.

내가 사는 지역은 비바람으로 인해 기온이 차다는데 이곳 제주의 날씨는 쾌청하다 못해 덥기까지 하다. 크지도 않은 나라에서 이렇게도 날씨 차가 나다니 마치 이국땅에 있는 기분이다. 여행이 끝나면 다시 바쁜 일상으로 돌아가 여유라고는 찾아볼 수가 없을 것이다. 이번 여행은 처음부터 계획을 세우지 않았다. 쉬려고 온 여행이니 그날그날 기분이나 몸 상태에 따라 행동하기로 했다. 물론 렌터카가 없는 것은 아니다. 하지만 렌터카는 될 수 있으면 끌고 나가지 않기로 마음을 먹었다.

온 국민이 해외에 나가지 못하니 이곳 제주로 여행객이 몰리는 것은 당연한 일이다. 내가 떠나온 날도 청주 공항은 제주도로 떠나는 사람과 청주로 돌아오는 사람들로 붐볐다. 그런데 제주도로 온 그 많은 사람들이 다 어디로 간 걸까. 이곳은 제주 공항과 반대편에 있는 서귀포의 작고 조용한 마을이다. 시작이 반이라고 했다. 이번에는 6일 동안만 머물지만 다음에는 한 달 살기를 목표로 하고 싶다. 한적하고 인적도 드문 이곳에 점점 빠져들고 있는 중이다.

얼마 만에 찾은 여유인지 모르겠다. 하루하루가 바쁘기만 했는데 이곳에서 지내는 모든 순간들은 느리기만 하다. 어쩌면 그렇게 빠른 시간들은 모두 자신이 만드는 것일 게다. 가끔은 멈춰 서서 지나온 날들을 돌아보는 것도 중요한 일이라는 생각이 든다. 보지 못해 놓친 것은 없는지, 욕심으로 인해 누군가를 힘들게 했던 일은 몇 번이나 있었는지, 바쁘다는 이유로 할 일을 뒤로 미룬 것은 또 무엇인지, 그렇게 조용히 혼자서 생각할 수 있는 시간을 만들어야 한다.

이런 시간을 만드는 것도 결코 쉬운 일은 아니다. 그래도 이런 시간을 앞으로 또 만들고 싶다. 어떤 이는 팔자가 좋아 그런 생각도 할 수 있는 것이라고 할지 모르겠다. 그런데 생각을 바꿔 보면 어떨까. 그런 시간들이 자신을 다시 일으켜 세울 수 있는 소중한 시간이 되어 준다면 그 또한 꼭 필요한 용기가 아닐까 싶다. 자신을 위한 시간은 혼자여도 좋고 둘이어도 좋다. 자신을 마주하게 하고, 빠르게 흘러가는 시간을 잠시라도 멈추게 하는, 그것은 진정 우리가 만들어야만 하는 시간이다.

건너편의 낮은 돌담집 남자, 일이 잘 해결이 된 것인지, 아니면 답답한 속을 풀려는 것인지 머리가 마당을 향해 있던 트럭 운전석에 냅다 올라탄다. 남자가 떠난 그 마당에는 바다에서 불어온 바람이 기다렸다는 듯 돌담을 뚫고 들어와 나무들을 흔들며 놀고 있다.

지금은 봄

마당의 진달래가 입을 벙글기 시작했다. 어린 시절 고향의 봄은 진달래가 온 산을 분홍으로 곱게 물들이면서 시작되었다. 그때가 되면 아이들은 친구들과 수다도 늘어 가고 밖에서 뛰노느라 하루가 모자랐다. 지금이야 아파트가 더 많아 이런 자연의 정취를 모르는 아이들이 많겠지만 7, 80년대는 많은 아이들이 자연과 친숙한 생활을 했다. 그래서인지 진달래 피는 봄이 오면 아버지와 어머니가 살아 계시던 고향집이 그리워지곤 한다.

고향이 지척인 나도 봄이면 이렇듯 그리운데 고향을 마음대로 갈 수 없는 사람들은 얼마나 힘들겠는가. 얼마 전부터 사할린 동포를 대상으로 문화 소통 수업을 시작했다. 한국사를 수업하고 있지만 사할린 동포에 대한 지식은 없어 며칠 동안 인터넷으로 찾아보게 되었다. 일제 강점기, 일제에 의해 사할린 섬으로 강제 징용된 조선인들은 그곳의 탄광이나 군수공장에서 혹사를 당했다. 그리고 1945년 일본이 패망을 하면서 사할린의 조선인들은 조국으로 다시 돌아갈 것이라는 희망을 품었지만 광복 이후의 대한민국은 이들을 송환할 여력이 없었다. 결국 이들은 일본과 소련, 대한민국의 무관심 속에 무국적자로 힘들게 살았다.

지금 한국에 와 계신 동포들은 광복 이전에 사할린에서 태어난 분들이다. 그래도 고향인 한국에 돌아갈 수 있다는 희망으로 무국적자로 살다 10년 전쯤에야 고향으로 돌아오는 꿈을 이루었다. 그렇게 그리던 곳으로 돌아왔음에도 수심의 그늘이 있어 여쭙게 되었다. 그분들에게는 사할린에 자녀들이 있었다. 사할린 동포의 영주 귀국 정책에 자녀들은 포함되어 있지 않았기에 고향으로 돌아오는 발걸음이 그리 가볍지는 않았을 터이다. 그런데 다행히도 올해 직계 비속 1명도 영주 귀국이 가능해졌다고 한다. 그럼에도 아쉬움을 토로했다. 영주 귀국을 할 수 있는 사람으로 누구를 택하느냐는 것이었다.

살아 있으면서도 떨어져 지내야 한다는 것은 고통이다. 물론 요즘은 정보통신이 발달한 시대이니 전화나 인터넷으로 서로의 안부를 알 수 있기는 하다. 하지만 보지 못하는 그리움은 고통이다. 더구나 한국에 와 계신 분들의 나이가 모두 고령이기에 자식에 대한 애틋한 마음은 더 깊을 수밖에 없다.

가족을 보지 못하는 고통 말고도 사할린 동포 어르신들을 힘겹게 하는 것이 또 있다. 주위의 시선이 그것이다. 아무리 부모님이 조선인이라 하더라도 사할린에서 태어나셨으니 한국어가 익숙하지 않은 것은 당연한 일이다. 그렇다 보니 한국에서의 모든 생활이 불편할 것이다. 병원에 가는 것, 차를 타는 것, 시장을 보는 것 등 모두가 그렇다. 수업 중에 사할린 어르신이 질문을 하셨다. 한국 사람들은 원래 사람들과 말을 하지 않느냐고 말이다. 한번은 엘리베이터에서 자주 보던 주민이 반가워 인사를 하셨다고 한다. 그런데 그 사람은 인사는커녕 이상한 눈으로 쳐다보더라는 것이다.

내가 그분들에게 하는 수업은 한국어보다는 한국 문화를 이해시키는 수업이다. 모든 사람이 그렇지는 않지만 각 나라마다 그 나라 사람들의 특성은 비슷한 면이 있다. 아무래도 러시아는 호방하며 개방적인 반면 한국은 정을 중요시하면서도 조심성이 많은 듯하다. 코로나에 대처하는 모습이 그것을 반증한다. 10년을 살았음에도 아직 우리 사회와 융화되지 못하는 그분들을 보면서 마음이 아팠다. 그럼에도 어렵지만 한국의 문화를 이해하려 열심히 공부하시는 그분들에게 나의 작은 노력이 큰 힘이 되었으면 좋겠다는 생각을 해 본다.

지금은 봄, 이 시간이 그분들에게도 아름다운 꽃길을 걷는 시간이 되어 주길 바라 본다.

열 가지 즐거움

김창흡은 조선 후기의 문인이자 학자이기도 하다. 사실 김창흡의 인품은 고등학교 교과서에도 실려 있는 고전 수필, 〈낙치설〉에 고스란히 담겼다. 김창흡은 예순여섯이 되던 해에 앞니 하나가 빠져 변해 버린 자신의 얼굴을 보고 충격을 받았다. 마음을 다잡으면서도 한편으로 음식을 먹거나 책을 읽을 때 많은 불편을 겪었다. 그로 인해 그동안 나이에 맞지 않게 생활해 왔던 자신의 모습을 반성하고, 노인으로서 분수를 지키며 살아야겠다는 결심을 하게 된다. 또한 네 가지의 불편함, 조용히 들어앉아 있어야 하고, 침묵을 지켜야 하고, 부드러운 음식을 먹어야 하며, 글도 마음속으로 읽어야 함을 긍정적으로 수용하는 모습을 보여 준다.

우리는 몸이 늙으면 마음도 덩달아 약해진다고 알고 있다. 하지만 김창흡은 나이가 듦에 따라 육신이 고단해지는 것에 굴하지 않고 담담히 받아들인다. 어떻게 늙어 가는 것이 올바른 길인지를 알려 주는 듯해 몇 번을 읽고 또 읽었던 기억이 난다. 그런데 오늘 우연히 꺼내 본 책에서 김창흡의 〈예원십취(藝園十趣)〉를 읽게 되었다. '나의 열 가지 즐거움'이라고 해석이 된 글이었다. 시상이 떠오르는 일, 친구를 만나는 일, 좋은 책을 만나는 일을 아름다운 풍경과 함께 유려한 문장력을 통해 열 가지로 열거했다. 책을 덮고 보니 따라 해 보고 싶어졌다. 나의 '열 가지 즐거움'은 무엇일까?

너무 더운 날, 길을 가다 문득 작은 들꽃 하나가 노랗게 웃고 있는 바람에 기분이 좋아진 일. 늦은 밤 남편과 음성천변을 거닐다 길가에 핀 꽃을 보고는 사진을 찍어 주겠다며 꽃 속에 서 보라는 다정한 목소리를 듣던 일. 비 오는 날 파라솔이 쳐진 탁자에서 소설책을 읽다가 바람이 부는 바람에 뛰어 들어왔던 일. 아침이면 발코니에서 길냥이들이 밥을 달라며 제 나름대로의 장소에 숨어 나를 지켜보는 일. 생각지도 않게 딸과 아들이 집으로 오는 날이면 갑자기 바빠지는 엄마를 보고는 "엄마 힘들까 봐 연락도 하지 않고 왔는데."라며 안쓰러운 표정을 짓는 아이들의 모습에 흐뭇했던 일. 여름이면 어찌 알고 찾아오는지 개구리들이 연못 속에서 머리만 내민 모습을 마주하는 일. TV를 보다 갑자기 글감이 생겨 메모를 해 놓았다가 며칠을 생각하고 생각하다 일필휘지로 작품 하나를 완성했던 일. 인터넷을 검색하다 읽고 싶어 주문한 책이 도착하면 연인을 만난 듯 설레는 맘으로 뜯어보던 일. 가을밤, 풀숲에서 하모니를 이루며 짝을 찾는 풀벌레의 노래를 감상하는 일. 갑자기 외롭다는 생각에 울적해질 때쯤 어떻게 마음이 동했는지 술 한잔하자는 지인의 전화를 받는 일.

이렇게도 즐거움이 많았을까 싶다. 그러고 보니 '열 가지 즐거움'은 대단하지도 어렵지도 않은 소소한 일들이다. 물론 구비마다 힘든 일도 많았고 아웅다웅 부딪힌 적도 있었지만 그래도 이렇게 소소한 즐거움은 나를 지탱하는 버팀목이 되어 주었다. 앞으로 비바람이 부는 날도 눈보라가 치는 날도 많을 것임을 안다. 그래도 그 행간마다 있을 소소한 즐거움을 생각하면 두려움보다는 기대감이 더 크다.

지금도 바깥엔 비가 후두둑 쏟아지고 있다. 하지만 이 비가 그치면 하늘이 감춰 두었던 토실한 구름과 붉은 태양이 모습을 드러내리라. 그리고 구름 사이로 작은 새 한 마리가 서쪽을 향해 포동동거리며 날아가는 모습도 볼 수 있지 않을까.

사소해서 대단해졌다

'리추얼', 요즘 소위 말하는 뜨는 단어다. 반복된 습관이 자신도 모르는 사이 의식처럼 굳어져 나오는 행동이나 생각을 말한다. 일본을 대표하는 소설가 무라카미 하루키는 "쓸 수 있을 때는 그 기세를 몰아 많이 써 버린다든지, 써지지 않을 때는 쉰다든지 하면 규칙이 깨지기 때문에 철저하게 지키려고 한다. 나는 타임카드를 찍듯이 하루에 거의 정확하게 20매를 쓴다."라고 했다. 그는 글쓰기뿐 아니라 생활에서도 '리추얼'이 많은 것으로 유명하다. 엄격한 식단과 운동이 그 예이다. 자신의 건강을 지키면서 하는 글쓰기의 리추얼은 몇십 년 동안 꾸준하게 작품을 내놓는 힘이 아닐까.

가만 생각해 보니 나도 습관처럼 하는 일이 있다. 잠들기 전 책을 읽는 일이다. 읽고 싶은 책이 생길 때마다 사놓곤 했다. 책은 점점 쌓여만 가는데도 시간 탓만 하며 차일피일 미루는 날이 많았다.

안 되겠다 싶어 제일 잘 지킬 시간을 생각해 보니 잠들기 전일 듯했다. 처음에는 5페이지만 읽고 잤다. 몇 달을 그렇게 하다 10페이지로 늘렸고 1년쯤 지났을 때부터는 20페이지를 읽고 잤다. 그렇게 잠들기 전 책 읽기를 하는 것이 10년을 넘었다. 쌓인 책들이 점점 낮아질 때 그 뿌듯함이란 말로 표현하기 어렵다.

이른 아침, 마당을 둘러보는 일도 습관 중 하나다. 마당에 딸린 화단의 꽃들과 아침 인사를 나누고 나면 뒤란의 작은 텃밭으로 향한다. 요즘은 장날 사다 놓은 고추, 호박, 토마토, 오이, 가지, 상추를 보는 재미가 쏠쏠하다. 이제는 제법 땅내를 맡아서인지 줄기도 튼튼하고 잎도 초록이 짙어졌다. 오이가 처음부터 실한 건 아니었다. 모종을 처음 사 왔을 때는 추웠던지 시들해지더니 누렇게 죽고 말았다. 그 뒤로 또 사다 심었지만 잘 살지를 못하더니 세 번째에서야 자리를 잡았다.

초록 생명뿐 아니라 울안의 동물들을 돌보는 일도 하루를 시작하는 일 중 하나이다. 농장에서 데려온 눈이 예쁜 겁쟁이 청이, 누군가 우리 동네 골목에 버리고 가 며칠 동안 골목을 헤매던 몽이, 두 녀석은 어엿한 우리 가족이다. 또 현관문이 열리면 어떻게 알고 오는지 꼬리를 치켜들고 반갑다고 몸을 부비는 고양이 랑이와 아롱이도 가족이다. 요즘은 연못 위를 가로질러 집을 지어 놓은 거미에게도 매일 아침 인사를 나눈다. 연못가에 심어 놓은 소나무와 발코니를 지지대 삼아 거미는 거대한 집을 지어 놓고 사냥을 한다. 어제는 날이 좋았는지 거미줄에 형체를 알 수 없는 작은 곤충 찌꺼기가 많이도 보인다. 며칠 전 비가 오던 날 아침에는 거미줄이 여기저기 찢겨서 어찌 사냥을 할까 싶었다. 비가 개자 거미는 무슨 힘이 그리도 좋은지 단단한 집을 또 선보였다. 그 작은 몸을 보면 상상도 못 할 일이다.

꾸준함, 모든 시작은 작았다. 어쩌면 사소했을 그 이유가 나중에는 아주 대단한 일이 된다는 것을 알았다. 무라카미 하루키가 쓰는 20매의 글쓰기 자체는 아주 적다. 하지만 적은 20매가 1년이라는 시간을 거치자 장편 소설이 되어 사람들을 놀라게 했다. 하루 20페이지의 책 읽기는 1년이 지나자 몇 십 권의 책 읽기가 되었다. 아침마다 만나는 작은 생명들과의 인사는 시간이 흐르자 관심이 되고 소중함으로 자리 잡았다.

날마다 조금씩 천천히 모아지는 아주 사소한 움직임이었다. 사소한 일상이 소중한 순간으로 만들어지는 것은 거창한 계획도 행동도 아니다. 다만 꾸준히 이어지는 관심과 그것을 지키기 위한 마음뿐이었다. '리추얼', 일상을 대단하게 만들어 준 사소함이었다는 것을 깨닫는다. 소중한 책 읽기, 그리고 작은 생명들과의 만남이 나에게는 너무도 멋진 '리추얼'이다.

우리도 갈대와 억새처럼

가로수의 잎들이 다 떨어졌다. 큰 나무들이 빈 몸이 되자 비로소 자신의 시간이 된 듯 몸을 이리저리 흔들어 대는 키 작은 억새들이 보이기 시작했다. 가을 태양 빛을 받아서일까. 초가을의 억새는 은비늘에도 붉은빛을 담았다. 그런데 어느새 계절이 깊어지니 은비늘의 꽃들도 하얗게 부풀었다. 꽃 하나하나는 너무도 빈약하지만 긴 줄기를 따라 바투 피어난 꽃들은 화려하게 무리를 이룬다. 같은 길임에도 차창 밖으로 지나가는 풍경은 계절에 따라 색과 모습이 이리 달라지니 자연의 이치에 놀라울 뿐이다.

아주 오래전 초가을 무렵, 남편을 따라 들에 갔던 일이 생각난다. 밭둑에 억새가 군락을 이루어 피었다. 아직 꽃이 활짝 피기 전의 억새는 약간 붉은빛이 도는 은빛이었다. 너무도 아름다워 한 거듬 꺾어 집으로 돌아와 꽃병에 꽂아 놓았다. 하지만 방 안에 꽂아 놓은 억새는 빠르게 꽃을 활짝 피우는 바람에 꽃이 이리저리 날려 결국 치워 버리고 말았다. 사실 그때까지만 해도 그게 갈대라고 생각했다. 그게 억새라는 것을 알게 된 것은 우연찮은 기회였다.

벌써 10년은 되었지 싶다. 가을이 무르녹을 무렵 민둥산에 핀 억새를 보기 위해 그곳을 찾았다. 지금도 여전히 운행을 하고 있겠지만 철도청에서 기차로 전국의 유명 관광지 여행을 갈 수 있게 만든 프로그램이었다. 우리가 참여했던 민둥산 억새 축제에도 정말 많은 사람들이 함께했다. 등산복을 입은 사람들의 행렬은 산의 단풍들과 어우러져 민둥산 정상을 향해 길게 이어졌다. 하지만 산을 오르면서 풍경이 눈에 들어오지 않았다. 기차 안에서 먹은 달걀이 아무래도 탈이 난 모양이었다. 너덜길을 겨우겨우 네발로 기어 정상까지 올라갔다. 그 황홀한 억새밭의 경치에 일행들은 감탄사를 연발했다. 하지만 나는 가슴을 쥐어짜는 고통에 억새밭에 쓰러져 고통을 호소했다. 그게 천운이라는 게 맞을 것이다. 마침 우리 옆에서 쉬고 있던 팀 중에 의사가 있던 모양이었다. 진찰을 해 주고는 비상약을 물과 함께 건네주었다. 약을 먹고 진정이 된 후에야 간신히 산을 내려왔다. 지금도 가끔 생각나는 민둥산의 억새는 그리 좋은 기억이 아니다. 다만 바람막이가 되어 주었던 억새의 따뜻함과 의사의 고마움이 더 깊게 자리를 잡을 뿐이다.

그런데 몇 년 전 가족여행으로 갔던 여수 순천만 갈대밭의 풍경은 아름다움으로 남았다. 드넓은 순천만 습지를 가득 채운 갈대는 그야말로 장관이었다. 갈대 사이를 걸어 다닐 수 있게끔 설치한 데크 길에서 만난 망둑어와 작은 게들이 얼마나 신기했는지 모른다. 아직도 남편과 아이들의 웃음소리가 귀에 쟁쟁히 들려오는 듯하다. 그러고 보면 아무리 좋은 것이라도 몸이 온전해야 마음도 열리는 모양이다. 참 이기적이라는 생각이 든다. 자연은 그대로 거기 있는 것을 사람은 자신의 몸과 마음에 따라 평가를 한다.

갈대와 억새, 사실 정확히 구별하는 사람은 그리 많지 않을 듯하다. 비슷해 보이지만 둘을 자세히 들여다보면 다른 점이 많다. 먼저 갈대의 주 서식지가 호수나 개천과 같은 물가 주변이라면, 억새는 산이나 들과 같은 메마른 땅을 좋아한다. 또한 갈대는 줄기의 속이 비어 있지만, 굵어서 단단해 보인다. 반면 억새는 줄기의 속은 차 있으나 가늘어 약해 보이기도 한다. 또한 꽃도 억새보다 갈대꽃이 크고 부해 보인다. 사실 갈대와 억새를 혼동하는 이유는 피는 시기가 비슷하고 갈대와 억새가 같이 어울려 피어 있는 곳도 있기 때문이다. 바람이 부는 날이면 긴 줄기로 인해 이리저리 쏠려 다니는 모습도 비슷하다.

그런데 갈대면 어떻고 억새면 어떨까. 가을이면 산과 들, 개천 호숫가에서 바람이 부는 대로 흔들흔들 사람들의 마음을 흔흔하게 하는 것은 매한가지가 아니던가. 〈엄마야 누나야 강변 살자〉라는 시를 지은 시인은 갈잎이 노래를 부른다고 했다. 그러니 많은 사람들이 억새와 갈대가 부르는 노래를 듣기 위해 찾아다니는 것일게다. 어느덧, 12월이 코앞이다. 겨울을 재촉하는 비가 내린다. 이

비가 그치면 바람이 지휘하는 갈대와 억새의 노래를 들으러 근처 호숫가에라도 나가 봐야겠다.

답은 없다

우리는 자신을 소개할 때 무엇부터 말하고 싶을까. 물론 자신을 어떤 자리에서 누구에게 소개를 하느냐에 따라 약간씩은 달라진다. 그 모든 조건을 빼고 오로지 자기 자신에 대한 소개를 해 보라고 한다면 자신 있게 말할 수 있을까? 현대사회에서는 혼자서 살 수 없으며 누군가와 함께 삶을 이어 나가야 한다. 그렇기에 누군가에게 자신을 소개하는 일은 적어도 한두 번 이상은 겪는다. 실제로 유치원이나 초등학교에 들어가도 자신이 누구인지 앞에 나가 발표를 해야 한다. 그렇게 수없이 자신을 소개하는 자리를 거치고 해냈으면서도 성인이 되어 해보라고 하면 머뭇거리게 되는 것이 자신에 대한 이야기이다.

대학에서 취업을 위한 자기소개서 쓰기 강의를 한다. 학생들과의 첫 번째 시간은 자신을 나타낼 수 있는 키워드를 발표하는 수업이다. 물론 개중에는 자신을 대표하는 단어를 자신 있게 발표하는 학생도 있지만 대부분의 학생들은 한참 뜸을 들이거나 뭉그리고 만다. 심지어 발표를 다음 시간으로 미루는 학생도 있다. 또 성장 과정을 써 보라고 하면 자신이 어디에서 태어났으며, 부모님은 어떤 일을 하시고, 부모님은 어떤 점이 훌륭하신지를 설명하는 데 3분의 2가 할애된다. 정작 자신의 이야기는 3분의 1 정도, 그것도 부모님의 경력을 바탕으로 한 이야기로 마무리를 짓는다. 기업 입장에서는 부모님의 경력이 중요한 것이 아니다. 지원자의 성장 과정, 성격, 경력에 더 관심이 많다. 물론 성장 과정에서 부모님의 역할은 매우 중요하다. 하지만 자신이 성장 과정에서 주도적으로 무엇을 했는지는 기업의 입장에서 눈여겨보는 부분임을 간과해서는 안 된다.

얼마 전 TV에서 소개되었던 책이 있다. 〈책 읽어주는 나의 서재〉 프로그램에 소개된 그 책은 ≪생각의 지도≫였다. 김경일 교수가 해설을 맡았다. 서양식에서 생각하는 방식과 동양식 추론방식이 근본적으로 다르다는 것을 알게 된 저자 리처드 니스벳은 그 이유가 동양에는 공자가, 서양에는 아리스토텔레스가 주축이 되는 사상의 뿌리부터 그 결이 다르기 때문이라고 했다. 김경일 교수는 이러한 차이점을 자기소개서로 예를 들어 설명을 해주었다. 동양에서는 개인만을 보는 것이 아니라 그 개인이 자라 온 가정환경과 배경, 인간관계, 주변 상황을 전체적으로 파악하려는 경향이 있는 반면, 서양에서는 그 개인이 가지고 있는 특성과 장점에 국한시켜서 그 사람을 보려는 경우가 있다는 것이다. 또한 동양은 대체로 상대방을 배려하고 높이겠다는 의도로 자신을 낮추는 겸손을 미덕으로 보지만 서양은 자신을 높여서 홍보하는 걸 자연스럽게 여긴다고 한다.

사실 그동안 학생들의 자기소개서 서술 방식이 이상하다고 생각하지는 않았다. 나 또한 어느 단체에서 자신을 소개할 때는 두루뭉술하게 "어디에서 온 누구입니다."라고 소개를 하는 경우가 많다. 대개의 사람들이 그렇게 소개를 하니 혼자 장점을 이야기하며 소위 '잘난 척' 내지는 '튀어'서 사람들의 이목을 끌고 싶지는 않았다. 이러한 사고방식이 동양에서 중시하는 관계성에서 온 것이라니 자라 온 환경과 배경이 얼마나 중요한지를 알게 된 책이었다.

우리 사회가 개인주의와 이기주의 사회라고 하지만 그래도 우리의 핏속에는 상대를 배려하고 겸손을 미덕으로 여기는 유전자가 살아 꿈틀거린다니 다행이라는 생각이 든다. 세상은 넓고 바쁘다. 이런 세상에서 할 일은 또 얼마나 많은가. 그러니 세상을 살아가는 방식도 자신을 알아가는 일도 제각각이며 누군가에게 나를 알리는 방법도 모두 같을 수는 없다. 자신의 방식대로 표현하면 된다. 다만 온전한 자신을 빼지 않는다면 답은 천 가지 만 가지여도 괜찮지 않을까.

얼굴 풍경

잠이 보약이라는 말이 있다. 그런데 요즘 잠을 자도 개운하지가 않다. 잠이 들기까지 한 시간쯤은 뒤척이게 된다. 생각이 많아서인지 아니면 다른 이유가 있는 것인지 모르겠다. 하기야 살아오면서 단잠에 든 적이 그리 많지는 않다. 잠귀가 밝다고 해야 하나. 다른 사람들이 작게 말하는 소리에도 잠이 깬다. 그러다 보니 머리가 무겁고 피곤한 날이 많다. 그런데 얼마 전 우리 집을 방문한 손님이 나를 보고는 근심이 하나도 없어 보인다고 했다. 웃는 얼굴이 정말 편안해 보인다는 말도 덧붙였다. 요즘 들어 비슷한 말을 많이 듣는다. 강의를 하는 곳에서도 어르신들은 잘 웃고 얼굴이 밝아 덩달아 기분이 좋아진다고 하셨다.

사람들은 상대방을 볼 때 얼굴부터 보게 된다. 얼굴을 대하면 어느 정도 그 사람에게서 풍겨져 나오는 느낌을 안다. 얼굴이 얼마나 중요한 역할을 하는지를 알려주는 일화다. 미국의 16대 대통령 링컨은 "자신의 나이 40이면 얼굴에 책임을 져야 한다."고 했다. 링컨은 대통령에 당선이 된 뒤 내각 구성을 하면서 한 사람을 추천받았다. 그 사람은 재력도 있어 링컨을 도와주기에 모자람이 없었다. 하지만 링컨은 거절을 했다. 거절한 이유를 참모가 묻자, 링컨은 그의 재력은 필요하지만 그 사람의 얼굴은 온통 불만과 의심으로 가득 차 있고 옅은 미소 한 번 짓는 걸 본 적이 없어 아무리 실력이 있다고 해도 마음을 맞춰 함께 일하기는 힘든 사람이다. 그러면서 배 속에서 나올 때의 얼굴은 부모가 만들지만, 그다음부터는 자신이 얼굴을 만들어야 하며 나이 40이 넘으면 모든 사람은 자신의 얼굴에 책임을 져야 한다고 했다.

첫인상이 '좋다', '나쁘다'라는 말도 따지고 보면 얼굴의 모습을 기준으로 삼는다고 보아도 무방하다. 사람들이 얼굴 성형에 관심이 많은 이유도 같은 맥락이다. 요즘은 눈, 코, 입은 물론이고 얼굴의 피부색까지 성형을 하는 시대다. 하지만 아무리 외적으로 성형을 한다고 해도 내면에서 풍겨져 나오는 모습은 고칠 수가 없다. 링컨이 말하는 얼굴 또한 외적인 아름다움을 말하는 것은 아니다.

외모만 아름다운 사람은 보기엔 좋지만 사실 선뜻 다가가기가 쉽지 않다. 하지만 얼굴이 그리 잘생기지 못했더라도 웃음을 머금고 편안해 보이는 사람을 보면 왠지 친해지고 싶은 마음이 든다. 예쁜 얼굴은 얼마든지 화장을 하고 꾸며서 만들 수 있지만, 아름다운 표정은 저절로 되는 것이 아니다. 여기서 아름답다는 말은 외모가 아닌 내면에서 나오는 모습이다. 내면을 아름답게 꾸미기 위해서는 긍정적인 생활 태도와, 삶의 가치를 높이기 위한 노력이 필요하며 꾸준한 독서도 한몫을 한다. 그러한 생활 태도는 자존감을 높일 수 있는 지름길이다. 그리고 자존감이 높은 사람은 상대방을 대하는 태도도 편안할 수밖에 없다. 스스로가 행복하니 얼굴은 밝고, 입가엔 언제나 미소가 떠나지 않아 누가 보아도 예쁘고 아름답다.

나는 내가 하는 일들을 사랑한다. 강의 시간에 쫓겨 어떤 날은 밥을 먹을 시간도 없다. '힘들다'라는 생각은 더러 하지만 '하기 싫다'라는 생각은 해보지 않았다. 오히려 종종 스스로가 자랑스럽다는 생각을 한다. 아마도 이런 모습 때문에 예뻐 보이는 것은 아닐까.

19세기 프랑스 소설가인 오노레 드 발자크는 사람의 얼굴은 하나의 풍경이며 한 권의 책이라고 했다. 그 이야기는 사람의 일생이 얼굴에 모두 나타난다는 이야기일 터이다. 그렇다면 하루하루가 들어가 있는 책, 내 얼굴은 먼 훗날 누군가 읽고 싶은 명작이 될 수 있을지 의문이다.

카페 시류

제일 만만한 곳이다. 이제는 집보다 더 편안하다. 친구가 만나자고 하면 아무 거리낌이 없이 장소를 정한다. 집이라는 곳은 누군가 방문을 하게 되면 일단 바빠진다. 청소도 해야 하고, 주전부리도 준비를 해야 한다. 그런데 이곳은 약간의 돈만 있으면 된다. 카페, 어디를 가든 쉽게 찾을 수 있다. 그야말로 카페시대다. 작은 시골 읍내에도 수십 군데의 카페가 생겼다. 하지만 모든 카페가 운영이 잘되는 것은 아니다. 1년도 채 안 돼 문을 닫는 곳도 있고, 몇 년이 지났음에도 문전성시를 이루는 곳도 있다. 그러고 보면 카페의 성패는 그곳만의 차별화가 관건이다.

사람이 끊이지 않는 카페를 보면 분위기가 한몫을 한다. 커피의 맛은 둘째다. 어차피 전문가가 아닌 이상 맛있는 커피를 찾아다니지는 않는다. 물론 커피 맛이 좋아 찾는 사람도 있다. 이곳의 카페들은 여자들이 주 고객층이다. 그러니 여자들의 감성을 알아야 성공할 수 있다.

오늘도 C 여사님과 카페에 왔다. 설 명절 끝이라 밥도 먹고 차도 마실 수 있는 곳을 택했다. 시내에서 꽤 떨어져 있는 곳인데도 이곳은 여전히 많은 사람들이 드나든다. 주인장이 직접 설계를 하고 지어서 그런지 색다른 느낌이다. 전문적으로 건물을 짓는 사람이 아니다 보니 여느 카페에서 느끼는 꼼꼼함과 심플한 맛은 없다. 하지만 기발한 아이디어로 창출된 '궤짝 카페'는 편안하고 따뜻해 정이 간다.

음식을 앞에 놓고 보니 30여 년 전이 떠오른다. 남편을 처음 만난 곳도 레스토랑이었다. 그 당시 레스토랑은 시골 읍내에서 꽤 핫한 젊은이들의 요새였다. 밥도 먹고, 술과 차도 마실 수 있으니 이보다 더 좋은 곳은 없었다. 그래서 맞선을 보는 장소로도 안성맞춤이었다. 그날 얼마나 떨었는지 음식을 반도 먹지 못했다. 쉽게 먹을 수 없었던 '돈까스'를 앞에 놓고, 얼마나 고민을 했는지 모른다. 잘 보이고 싶다는 생각에 음식을 그렇게나 많이 남기다니…. 지금도 이렇게 그날이 생생한 걸 보니 꽤 내숭쟁이였던 게 틀림없다. 육식을 잘 못 하지만 그나마 '돈까스'는 좋아하는 음식 중에 하나였다.

'궤짝 카페'는 차와 함께 음식도 구비되었다. 물론 전문 레스토랑만큼 종류가 풍성하지는 않지만 맛에 있어서는 떨어지지 않는다. 무엇보다 좋아하는 사람과 마주 앉아 밥도 먹고 차도 마시니 행복한 시간이다. 두 시간 남짓 우리는 이런저런 이야기를 나누었다. 카페의 따뜻한 분위기 때문이었을까. C 여사님이 들려주는 이야기에 푹 빠져 버렸다. 언제나 법문을 듣는 듯 몰입을 하게 만든다. 오늘은 당신이 요즘 읽고 있는 책에 대한 이야기를 해주셨다. 지긋한 연세에도 불구하고 여전히 책을 읽으며 마음을 수양하는 분이시다. 그래서인지 얼굴도 맑고 몸도 흐트러짐이 없다. 정신이 저리 맑으시니 얼굴 또한 편안해 보이는 것은 당연한 일이다.

카페의 분위기 때문이었을까, 아니면 C 여사님의 이야기 때문이었을까. 음식을 하나도 남기지 않고 깨끗하게 먹었다. 배가 부를 만도 한데 몸이 이렇게 가벼울 수가 없다. 맛있는 음식도 좋은 이야기와 함께하니 소화가 잘 되는 모양이다. 나와 C 여사님은 30년 정도의 나이 차가 있지만 이야기를 하다 보면 전혀 그 간극을 찾을 수가 없다. 오히려 그분의 마음이 더 젊다는 생각이 들 때가 있다. 사람의 관계는 불편하다고 생각되면 피하기 마련이다. 그런데도 여사님을 알게 된 지 20년이 훌쩍 지났음에도 여전히 만나면 편안하고 행복하다.

밖으로 나오니 바람이 우리 앞을 휙 지나간다. 군데군데 빙판이 된 길을 C 여사님의 손을 꼭 잡고 걸었다. 그때 저 멀리 복숭아밭 나무 위에서 까치 한 마리가 우리를 지켜보고 있었다.

12월의 축복

한 해를 시작했던 때가 엊그제 같은데 벌써 12월이다. 누가 그러라고 한 것도 아닐 텐데 이상하게도 12월이 되면 자성을 하게 된다. 허투루 보낸 일들은 없는지, 소홀하게 대했던 사람들은 없는지, 자연의 순리를 거스르지는 않았는지. 하지만 아무리 기억을 거슬러 되짚어 본들 편린들 속에 감추어진 잘못들을 어찌 다 잡아낼 수 있을까. 나도 모르게, 혹은 알았다 하더라도 잘못된 순간들을 모면하려 스스로에게 정당성을 부여해 왔을지도 모른다.

올 한 해를 되작여 보니 정말 열심히 살았던 해였다. 내 나이쯤 되면 무언가를 새롭게 시작하기보다는 있는 것을 베풀고 나누는 삶을 살아야 한다고 했다. 언제였는지 잘 기억은 나지 않지만 어느 지인에게서 주워들은 이야기이다. 그런데 그 말을 어기고 말았다. 올해 새롭게 시작한 강의가 두 개나 되었다. 기존에 있던 강의를 합치면 다섯 개인 셈이다. 다행히 그중 두 강의의 기간이 길지 않은 덕분에 다른 강의들도 그리 버겁지는 않았다.

강의 하나하나가 소중하다. 그중 올해 시작한 '잃어버린 목소리를 찾아서, 글쓰기 여행' 강의는 여러 가지로 의미가 깊었다. 강의 제의와 수락은 일사천리로 이루어졌다. 그 후가 문제였다. 글을 쓴 지는 20년이 넘었고, 등단을 한 지도 15년이 다 되어 간다. 그동안 수필집 세 권을 냈고, 여타 문학 공모전이나 문학상도 여럿 받았다. 20년이 조금 못 미치는 기간 동안 학생들의 논술지도도 했다. 또한 대학에서 '자기소개서 글쓰기' 수업을 한 지도 3년이 넘었다. 하지만 성인을 대상으로 하는 글쓰기 강의는 학생들을 대상으로 했던 논술 지도나 대학교 강의와는 분명 달라야 했다. 물론 논술이나 자기소개서도 글쓰기의 한 갈래이다. 하지만 논술은 감성보다는 이성을 앞세우는 글쓰기이고 자기소개서는 자신의 경험을 바탕으로 능력의 최대치를 보여 줘야 하는 글쓰기이다. 반면 수필과 시는 내면 깊이 숨겨져 있는 감성을 끌어올려 줘야 하는 글쓰기이다.

그래도 강의 시작까지 두어 달의 말미가 있어 다행이었다. 처음부터 시작한다는 생각으로 글쓰기와 관련된 책을 구입하고 공부를 했다. 그리고 회차마다 수업에 대한 전반적인 틀을 짜고 피피티도 만들었다. 드디어 수업 날, 수강생들의 마음을 끌어들이기 위해 모두 눈을 감게 했다. 자신이 작은 벌레가 되어 세상을 보라고 했다. 그렇게 한참 침묵의 시간이 흐른 뒤 눈을 감은 채 본 것을 말해 보라고 했다. 처음이라 그런지 쑥스러워 머뭇거리는 사람이 많았다.

하지만 강의가 거듭될수록 수강생들이 변하기 시작했다. 하나같이 말이 많아지고 있었다. 다른 곳에서는 풀어놓지 못하는 이야기도 눈을 감으니 솔직하게 털어놓게 되고, 때로는 눈물을 쏟는다. 그렇게 쏟아 낸 말을 바탕으로 글을 쓰다 보니 모두가 노트 한쪽은 거뜬하게 채웠다. 너무도 신기하고 놀라웠다. 일주일에 두 번, 매번 한 편씩 글을 쓰고 발표를 했다. 스스로 대견해하는 수강생들을 보며 얼마나 고맙고 감사했는지 모른다.

요즘 카페를 가보면 서로들 자신의 이야기만 하느라 바쁜 사람들이 많다. 누군가의 이야기를 들어준다는 것은 쉬운 일이 아니다. 아무리 친한 사이일지라도 그렇다. 그런데 이곳에서는 자신의 아픈 이야기를 마음껏 해도 모두가 경청해 준다. 그리고 눈을 감고하는 이야기는 결국 자신에게 들려주는 이야기이다. 그러다 보니 다른 사람에게 받는 위로가 아니라 자신에게 받는 위로가 된다. 우리는 같은 시대를 살아가고 있지만 각자에게 주어진 삶의 모습들은 다르다. 하지만 정도의 차이만 있을 뿐 누구나 아픈 상처가 있기 마련이다. 그동안 그렇게 아픈 이야기를 가슴에 담고 살아왔으니 오죽이나 쓸 이야기가 많았을까. 놀라울 따름이다. 얼마 후면 수강생들의 이야기를 담은 책이 나온다. 물론 글솜씨가 매끈하지는 못하다. 하지만 울퉁불퉁 못생겼어도 맛있는 개똥참외처럼 달고 아삭한 글이라 자부한다. 12월, 졸졸졸 도랑물이 겨울의 밑으로 흐르는 시간이다.

초석, 비밀을 품다

비밀의 모습은 언제나 그랬다. 그 누구에게도 들키지 않게 완전 무장을 한다. 아니, 천천히 세심하게 본다면 알아챌 수 있었을지도 모른다. 그것은 그동안 흔히 보아 왔고 알아 왔던 것이었기에 별로 대수롭게 여기지 않았다. 우리는 자신 안에 들어 있는 지식을 동원해 그것을 명명한다. '맷돌'이라고.

K 선생과 나는 그것이 '맷돌'이라 했다. 그래서 우리는 그 앞에서 이것은 맷돌의 아래짝이라고, 어디로 없어져 버린 위짝의 손잡이를 잡고 돌리는 흉내를 내며 사진도 찍었다. 그러고는 맷돌이 크니 곡식을 참 많이 갈았겠다는 말도 했다. 그렇게 수많은 스님들의 음식을 담당했을 '맷돌'에 대한 이야기로 머릿속에 꽃을 피웠다.

넓은 들판은 영화로웠던 옛 사찰의 모습을 상상하게 하고도 남는다. 이곳은 서산시 운산면 용현리 보원사지, 천년 고찰의 위용을 자랑한다. 삼국시대에 세워졌을 것으로 추측이 되는 이 사찰은 한 때 승려가 1,000명이 넘었다고 할 만큼 웅장했다. 사찰은 사라져 버렸지만 그 흔적은 이곳저곳에 남았다. 스님들의 물그릇 역할을 했던 한국 최대의 석조와 불기나 불화를 걸었던 당간지주, 백제시대부터 고려의 양식이 담겨 있는 5층 석탑, 법인 국사가 입적하자 고려 광종왕의 지시로 세워졌다는 법인국사 보승탑, 그 외에도 대사찰의 유물과 초석들이 넓은 들판에 듬성듬성 남아 있다. 무엇보다 절터 한옆에 모아 놓은 기와와 석재들은 그 시대의 건축 양식을 알 수 있는 중요한 단초가 되고 있어 역사학자들의 발길이 끊이지 않으리라는 것도 짐작이 되었다.

K 선생과 보원사지 이곳저곳을 둘러보던 도중 각자 유물 한 점씩을 마음에 담았다. K 선생은 5층 석탑에 새겨진 팔부중상 중 건달파 상이었고, 나는 금당지에 있던 초석이었다. 금당지는 절의 본당으로 본존상을 모시던 전각의 자리이다. 그곳을 당당히 지키고 있는 초석을 보며 가슴이 벅차오르는 것을 느꼈다. 불에 타고 오랜 세월 풍파를 겪으며 전각의 모습도 모두 사라졌지만, 그럼에도 이곳이 본당이라며 굳건히 지키고 있는 초석 앞에서 왠지 모를 먹먹함에 한참을 그 앞에서 떠날 수 없었다. 모든 게 변하고 사라진다 해도 반드시 그 자리를 지키겠다는 충신 같은 의연함마저 느껴졌다.

초석은 자고로 건물의 씨앗이라고 하지 않았던가. 초석을 바탕으로 건물의 모습이 배열되고 높아졌을 것이다. 때문에 건물은 없어져도 남아 있는 초석의 배열 상태, 초석 간의 거리 등으로 당시 건물의 모양을 추정한다. 그로 인해 초석은 건물을 복원하는 데 있어 중요한 요소적 의미를 갖는다고 한다. 우리는 어떠한 일을 시작할 때면 초석의 중요성을 염두에 둔다. 보원사를 지을 때도 그러했으리라. 금당지의 초석은 보원사의 시원이 되어 모든 건물이 계획되고 태어나 완성이 되는 과정을 지켜봤을 것이다. 어디 그뿐이랴. 불에 타고 자연의 거대한 힘에 쓸려 사라질 때도 그 아픔과 고통을 모두 끌어안고 인내했으리라. 그러니 저리도 당당하고 의연할 수밖에….

금당지 바로 뒤에는 5층 석탑이 오랜 세월의 더께를 이고 지긋한 묵언수행자의 모습으로 서 있다. K 선생은 손을 모으더니 탑돌이를 해야겠다며 숙연한 모습으로 5층 석탑 앞에 섰다. 덩달아 두 손을 모으고 K 선생의 그림자를 따라 걷기 시작했다. 손과 몸이 흔들리면 마음마저 흔들릴까 합장한 팔을 몸에 바짝 붙이고 무념무상의 상태로 조심조심 발을 디뎠다. 한 발 두 발, 자박자박 걷다 보니 어느새 주변으로 들릴 듯 말 듯 작은 소리를 내는 수많은 발들이 보이기 시작했다. 화들짝 눈을 들어 보니 탑 주위엔 K 선생과 둘뿐이었다. 오랜 세월, 얼마나 많은 이들이 이 탑을 돌며 소원을 빌었을까를 생각하니 순간 환영이 보였나 보다. 묵언수행, 무념무상, 내게는 아직도 먼 피안의 세계인가 보다.

보원사지 당간지주를 지나 나오는 길에 다시 뒤돌아보니 K 선생과 내가 '맷돌'이라 불렀던 유물이 저 멀리 오뚝하니 보였다. 마치 우리가 안 보일 때까지 까치발을 하고 배웅을 하는 듯했다. 아무래도 이상하다. 조금 전에 들렀던 곳이 자꾸 머리에서 떠나질 않는다. 나오는 길에 절 한옆에 모아 놓은 석재를 둘러보았다. 그곳엔 우리가 '맷돌'이라 불렀던 것들이 더러 있었다. 맷돌의 위짝 같기도 하고, 아래짝 같기도 한 것이 말이다. 그런데 옆 게시판 설명을 아무리 보아도 그중에 맷돌이 있다는 소리는 없고, 석재와 초석이 있다는 말만 보였다.

너른 들판에 더러더러 서 있는 유물들 옆에는 추정되는 시대와 함께 설명이 적힌 게시판이 있었지만 유독 우리의 '맷돌'만이 아무런 설명도 없이 덩그러니 있다. 결국, 그 석물을 떼어 내지 못한 채 가슴에 품고 집으로 돌아오고 말았다. 화두가 된 그것을 지금도 중얼거리는 중이다. 정녕, 그것은 맷돌일까? 아니면 초석일까?

3

그 노새는 장님이었다

생각의 집

하늘이 끄무레하다. 비가 올 듯도 하면서 소식은 없고 날만 후터분하다. 이런 날은 불쾌지수가 덩달아 올라간다. 계절도 이제 제법 여름의 문 앞에 도달했다는 느낌이다. 앞으로는 이런 날도 심심찮게 만나게 될 터이다. 그동안 수없이 여름을 맞았으면서도 여전히 적응이 되지 않는다. 이렇게 습기가 많고 더운 날은 말도 귀찮아질 때가 많다. 다른 날 같으면 대수롭지 않게 넘길 말인데도 이상하게 더운 날은 송곳이 되어 박히는 경우가 생긴다.

우리 속담에 "물은 깊을수록 소리가 없다."라는 말이 있다. 이 말은 잘난 사람일수록 잘난 체하거나 떠벌리지 않는다는 뜻이다. 나이가 들면서 만나는 사람을 줄이게 되었다. 어떤 사람들 중에는 만나면 쉬이 피곤해져 그 자리를 벗어나고 싶게 만든다. 그 사람은 자신의 이야기만 하느라 상대방의 표정이 어떤지도 살피지 않는다.

물론 오랜만에 만났으니 밀린 이야기도 많을 터이다. 그 사람은 장날 좌판에 펼쳐 놓은 만물상처럼 이것저것 많은 이야기를 순서도 없이 벌려 놓는다.

언어는 생각의 집이라고 했다. 우리의 생각은 집이 되어 각자 가슴속에 한 채씩 만들어진다. 그런데 그 집을 이루는 재료가 무엇이냐에 따라 무너지지 않을 튼튼한 집이 될 수도 있고 모래 위의 성이 되기도 한다. 부단한 노력으로 생각의 집을 탄탄하게 만들었다면 그보다 좋은 일은 없다. 하지만 그 좋은 집도 어떻게 사용하느냐에 따라 값어치가 달라진다. 아무리 좋은 재료로 만든 집이라 해도 제때 쓰이지 않는다면 그 값어치는 내려간다. 반대로 생각의 집을 너무 남발해도 문제다. 다시 말해 자신의 능력을 과신하면 상대방에게 불쾌감을 줄 수 있고, 또 너무 과묵하거나 자신을 지나치게 낮추는 말과 행동은 음흉하다는 오해를 부른다는 얘기다.

요즘 길을 가다 보면 중·고등학생들의 대화를 엿듣게 된다. 모든 대화에 비속어가 섞여 있어 듣는 사람이 민망할 정도다. 그럴 때면 그 학생들의 모습을 힐끔힐끔하게 된다. 어릴수록 말은 부드럽다고 했다. 유치원생들의 참새 같은 조잘거림이 우리들의 마음을 얼마나 환하게 밝혀 주던가. 그렇게 예쁜 아이들의 말이 거칠어지는 것은 초등학교 고학년이 되면서부터다. 모든 아이들이 그런 것은 아니지만 어떤 아이들은 집단으로 어울리며 자신들의 존재감을 드러내는데, 일명 '센' 축에 들고 싶은 욕망이 그런 행동으로 이어지게 된다. 말이 고우면 행동도 바르다. 반대로 말이 거칠면 행동

또한 과격해진다. 그러고 보면 말과 행동은 한 몸이다. 결국 말이 우리의 몸인 집이 되는 것이다. 그 집을 빛나게 하는 것은 자신의 말에 달렸다.

현대인들은 자신의 몸에 관심이 많다. 어떤 사람은 근육이 있는 멋진 몸을 원하고, 또 어떤 사람은 아름답거나 건강한 몸이 되기를 바란다. 하지만 많은 사람들이 자신의 마음처럼 몸이 쉽게 만들어지지 않는 것을 경험한다. 수많은 유혹을 물리치고 자신과의 싸움에서 이긴 사람만이 최후의 승자가 된다. 그러고 보면 생각이 우리 몸에서 얼마나 큰 역할을 하는지 깨닫게 된다. 무엇보다 생각의 집이 단단한 사람일수록 일과 삶에서 느끼는 만족감은 커진다고 했다. 또한 자신의 생각을 잘 표현하는 사람처럼 멋있는 사람은 없다. 너무 과하지도 부족하지도 않은 말을 할 수 있는 방법, 그것은 자신만의 방법으로 몸을 만들 듯 집을 만드는 것이다. 자신의 생각으로 말이다.

그 노새는 장님이었다

나라와 나라를 경계 짓는 공간, 사람들이 서성인다. 어떤 이는 차 안에서 또 어떤 이는 길에서 각자의 방법으로 시간을 기다린다. 불가리아 여행 6일 차, 우리는 오늘 루마니아로 넘어간다. 엊저녁은 불가리아의 흑해 연안인 바르나에서 묵었다. 멋진 수영장이 딸린 호텔이었음에도 몸 한 번 담그지 못한 게 못내 아쉽다. 그나마 오늘 밤도 나라는 다르지만 루마니아의 콘스탄차라는 지역의 흑해 연안의 호텔에 묵는다는 데 위안을 삼는다.

국경을 향해 달리는 동안 비가 억수같이 퍼부었다. 세차게 내리치는 빗줄기를 보면서도 불안함보다는 낯선 길에 대한 이상한 감흥에 사로잡혔다. 어렵지 않게 보이던 길섶 자귀나무가 정겹게 느껴진다. 그렇게 국경을 향해 가는 버스가 한적한 길을 달리는 동안 회원들은 대부분 잠에 취해 있었다. 하지만 잠은커녕 정신이 더 또

렷해져 갔다. 그리 늦은 시간이 아니었음에도 비가 오는 탓인지 사위가 어둡다. 그렇게 혼자만의 세계에 빠져 이국의 풍경에 넋을 잃고 있을 때였다. 통로를 사이에 두고 바로 옆에 앉아 계시던 노교수님이 책 한 권을 불쑥 내미셨다. 큰 소리로 읽어 보라며 펼쳐 준 곳에는 〈노새 이야기〉라는 글이 보였다.

"태양 아래 그 노새는 서 있었다. 우리가 발굴을 마치고 숙소로 돌아오는 것은 대개 정오 무렵. 노천의 해는 달아오를 대로 달아올라 목화밭 가장자리에 끝도 없이 열을 지어 서 있던 해바라기도 축축 처지는데, 그 녀석은 마침내 우리를 태우고 지나가는 차를 향해 달려오다가 치이고 말았다. 다리를 다치고 태양 아래 널브러져 피를 흘렸다. 마을 사람들이 달려와서 우리에게 알려 주었다. 그 녀석이 장님이라는 것을."

허수경 작가의 ≪그대는 할 말을 어디에 두고 왔는가≫라는 책에 나와 있던 작품이었다. 글을 다 읽은 후 잠시 말을 잃고 말았다. 이상했다. 이국땅을 달리는 차 안에서 오롯이 내 목소리만이, 모든 소리를 잠재우고 울려 퍼졌다는 생각에서일까. 아니면 그 노새가 차에 치인 이유가 너무도 황당해서, 그도 아니면 노새의 사연에 가슴이 아파서일까. 더 이상했던 것은 가슴에서 무언가 뭉클 올라오더니 가슴이 막 뛰기 시작했다는 것이다. 그때 차창 밖은 비가 멈추고 끝없이 펼쳐진 해바라기밭 너머로 태양이 붉게 물을 들이고 있었다. 묘하게도 책 속의 문장들과 차창 밖의 풍경, 침묵이 흐르던 버스 안의 분위기, 그 모두가 그동안 느껴 보지 못했던 생경함이었다. 아마도 그건 이국땅이었기에 가능한 그 무엇이지 않았을까.

3시간여를 국경에서 머무르던 차가 다시 조금씩 움직이기 시작했다. 백야 현상의 영향인지 밤 9시를 훌쩍 넘기자 조금씩 어둑해진다. 이 시간을 프랑스에서는 개와 늑대의 시간이라고 했던가. 빛과 어둠의 경계가 되는 모호한 시간이다. 지금부터는 루마니아다. 휙휙 지나가는 풍경들이 어둠 속에서 손짓을 한다. 아무리 눈을 크게 떠도 이제는 밖의 모습이 흐릿할 뿐이다. 간간이 나오는 작은 마을들을 지나면 빛이 보였다 다시 사라지기를 반복한다. 지난밤에 보았던 흑해와 오늘 밤에 머물 흑해는 다를까. 이런저런 생각에 밖의 풍경도 점점 흐려졌다.

루마니아의 흑해 연안에 자리 잡았다는 호텔에 도착하자 세찬 바람이 먼저 맞아 주었다. 그 밤, 우리 숙소와 잇대어진 난간에서 갈매기 한 마리가 밤새 고성을 지르며 서성였다. 할 수 없이 갈매기의 하소연을 듣느라 밤을 지새우고 말았다. 혹시 그 갈매기도 차를 향해 달려오다 치이고 만 노새처럼 장님은 아니었을까?

늙은 화가의 그림

하늘은 흐렸다. 금방이라도 비를 뿌릴 듯 잿빛 하늘이다. 수도원의 건물들도 흐린 건 마찬가지, 음울한 분위기가 감돈다. 수도원의 그림자가 담긴 호수는 바람 때문일까. 수도원의 모습이 온전하지 않게 흔들린다. 황금색 첨탑만이 제 색을 띠고 있다. 분명 수도원의 담장은 하얀색이었는데 그림 속의 담장은 약간 붉은빛이 돈다. 저녁이었을까. 그림 한 점을 본다. 그림 하단에는 러시아어로 그린 사람의 이름이 쓰여 있고, 2006년이라는 표시가 되어 있다. 벌써 16년 전이다. 글 쓰는 모임에서 러시아로 여행을 다녀왔다. 그림 속의 장소는 노보데비치 수도원이다. 그날 날씨가 어땠는지 잘 생각이 나지 않지만 수도원을 배경으로 사진을 찍은 건 기억이 난다. 그날 어느 노파가 그리고 있던 수도원의 모습에 이끌려 넋을 잃고 보게 되었다. 일행들은 다른 장소로 옮기기 위해 버스로 돌아가는데도 그림이 완성되기를 바라며 기다렸다. 그런 나의 모습을 보고 노파의 손이 빨라지기 시작했다. 그리고 서둘러 사인을 해주었다. 그때 얼마를 주고 샀는지는 모르겠으나 시간을 맞춰 주어 얼마나 고맙고 감사하던지 버스를 타고도 한참을 노파에게서 눈을 뗄 수가 없었다.

노보데비치 수도원 건물이 아름다운 건 아마도 수도원 앞에 펼쳐진 호수가 한몫을 하는 듯했다. 호숫가 주변을 지키는 오래된 나무들은 건물을 더욱더 운치 있게 만들었다. 그게 사실인지 아닌지는 모르겠으나 가이드는 이 호수에서 노니는 백조를 보고 차이콥스키가 〈백조의 호수〉라는 작품을 만들었다고 했다. 사실 사람의 기억만큼 못 믿을 건 없다고 한다. 심리학자 다우베 드라이스마도 "기억은 마음 내키는 곳에 드러눕는 개와 같다."라고 했다. 16년 전 여행에 대해 말해 보라고 하면 어떻게든 이야기하겠지만 그게 모두 사실인지는 장담할 수가 없다. 그럼에도 그림 한 점을 앞에 놓고 보니 그때의 기억이 새록새록 떠오른다. 그날 호수 주변에 몇 명의 화가들이 더 있었다. 대개 나이가 든 화가들이었다. 그중에서 내가 택한 노파는 인상이 그리 온화하지는 않았다. 마른 체격에 주름도 유난히 많았다. 그럼에도 그 노파에게 끌렸던 것은 그림에서 느껴지는 포근함이었다. 경직된 표정의 노파는 내가 버스에 올라타고 머리를 숙여 인사하자 그제야 엷은 웃음을 보여 주었다. 어떤 화가들은 자신의 그림을 사 달라고 호객을 했지만 그 노파는 전혀 그러지 않았다.

겉으로 보이는 것이 다가 아니라는 것을 그림을 보면서 생각한다. 그때 함께했던 문우와 그 노파의 그림을 기다리면서 우스갯소리로 화가의 모습이 동화 속에 나오는 마귀할멈 같다고 속삭였다. 검은 옷을 입고 그림을 그리고 있는 노파의 모습은 범상치 않았다. 그럼에도 그림은 정말 온화했다. 화폭의 풍경은 수도원과 호수, 나무가 어우러져 너무도 아름다웠다. 수도원은 아기자기하면서도 엄숙하다. 호수와 수도원을 잇는 황톳길은 나뭇잎 하나 떨어지지 않을 만큼 너무도 깨끗했다. 반면 수도원은 어룽어룽 호수 속에서 일렁였다. 전체적인 화폭의 사물들은 선명한 색이 거의 없다. 황금색 첨탑만 빼면…. 그런데 그 모든 것이 너무도 잘 어울렸다. 잿빛 하늘, 아기자기한 수도원, 수도원을 담고 어룽거리는 호수, 화가는 그림을 통해 무엇을 알리고 싶었던 걸까?

작가가 글을 쓰고 그림을 그리는 데에는 전하고자 하는 메시지가 있는 법이다. 그저 사물을 있는 그대로 쓰거나 그린다면 그것은 진정한 작품이 아니다. 분명 그때 가이드는 노보데비치 수도원에 대한 소개를 해주었을 것이다. 그럼에도 그곳이 어떤 곳이지 귀담아듣지 않았다. 그런데 16년이 흐른 지금 노파의 그림을 앞에 놓고 보니 그곳이 사뭇 궁금해졌다. 수도원에 대한 정보를 찾아보았다. 노보데비치 수도원은 여자수도원(수녀원)으로 지어졌지만 크렘린을 지키는 요새 역할도 수행했으며 표트르 대제가 이복 누나와 첫째 부인을 가두었던 곳으로 유명하다고 했다. 그리고 수도원에는 안톤 체호프를 비롯한 러시아의 많은 역사적 유명인들이 안장되었다. 무엇보다 우리나라 독립 운동가 김규면 장군 묘소도 그곳에 있다는 사실이 놀라웠다.

아마도 화가는 관광객들이 아름다운 수도원에 도취되어 그곳의 진정한 의미와 가치도 모른 채 사진을 찍고 환호성을 지르며 왁자지껄하는 모습에 경고를 하려던 것은 아니었을까. 세월이 그리 흘렀음에도 노파의 엷은 미소는 영원히 잊을 수가 없을 듯하다.

소라가 만든 집

바닥은 뾰족하다. 속이 텅 빈 껍데기 위로 집이 한 채, 두 채, 세 채… 서른 채는 족히 되는 집들이 마을을 이뤘다. 그리고 마을의 맨 꼭대기에는 교회가 상징처럼 섰다. 거대한 소라 위에 그려진 집들이 아슬아슬하다. 얼마 전 다녀온 불가리아에서 사 온 그림 속의 풍경이다.

소피아 대학에서 학회를 마치고 저녁을 먹기에는 이른 시간이라 시내 관광을 했다. 시내는 수도임에도 한산하고 깔끔했다. 하늘은 더없이 파랗게 맑아 하얀 구름과 너무도 잘 어울렸다. 그렇게 멋진 하늘을 배경으로 서 있는 성 알렉산더 네프스키 대성당을 마주하니 웅장한 건 물론이고 거룩하다는 생각까지 들었다. 시내 관광은 성 알렉산더 네프스키 대성당이 마지막이었다. 저녁 식사 장소까지 데려다줄 버스가 있는 곳으로 걸어가던 중이었다. 불가리아

대사관저에서 있을 저녁 만찬 이야기로 모두의 얼굴에 딸막거림이 역력했다. 그때였다. 반대편 공원에 시장이 열린 것이 보였다. 이때다 싶어 마음 맞는 일행 몇 명과 그곳을 둘러보기 위해 뛰었다. 시간이 넉넉하지 않았기에 각자 자신이 관심이 있는 곳으로 흩어져 구경을 했다. 그곳은 우리의 도깨비시장 같은 풍물 시장이었다. 오래된 카메라를 팔기도 하고, 유럽의 느낌이 진하게 느껴지는 뜨개 테이블 같은 수예품을 파는 곳도 보였다. 지인은 귀엽고 작은 액세서리 골동품을 파는 곳에서 눈을 떼지 못했다. 그때였다. 순간 눈을 뙤록거리게 만드는 광경을 마주했다. 우리와 지근거리에서 그림을 그리는 늙은 노인을 발견한 것이다. 마음에 드는 액세서리를 찾았는지 흥정을 시작한 지인을 뒤로하고 그곳으로 내달았다.

머리와 수염은 언제 깎았는지도 모르게 덥수룩했다. 인상을 잔뜩 찌푸리고 그림을 그리는 얼굴에는 주름도 자글자글했다. 그림이 마음과 달리 잘되지 않는 모양이다. 내가 뒤에서 지켜 섰는지도 모르는 눈치였다. 방해하고 싶지 않아 진열되어 있는 그림들을 둘러보기로 했다. 하나같이 괴기한 그림이다. 나무가 서로 엉키어 다리를 만들기도 하고, 두 나무가 엉키어 만들어진 아치형의 다리는 거대한 절벽으로 두려움이 느껴졌다. 또 사람들의 몸이 늘어져 머리가 하늘을 향해 구불구불 올라가는 형상은 마치 손가락을 만들어 놓는 듯했다. 망망대해를 항해하는 돛단배의 돛에는 해골을 비롯한 알 수 없는 그림들로 가득했다. 그림들은 마치 화가 자신만 알 수 있는 모스부호처럼 비밀스러웠다. 화가에게 묻고 싶은 이야기가 많았지만 불가리아 말을 하지 못하는 나로서는 혼자 해석할 수밖에 없다.

그리고 발견한 그림, 아니 마음속으로 '슥' 차고 들어온 그림이다. 소라 위에 지은 집이었다. 가는 펜 하나로 그린 그림은 위태로우면서도 묘하게 편안해 보였다. 거대한 소라의 속은 동굴 같기도 하고 보이지 않는 다른 세계와의 소통 통로 같기도 했다. 그럼에도 소라 위의 마을을 둘러싼 가장자리는 낭떠러지 절벽이다. 집과 집 사이는 나무 같기도 하고 돌 같기도 한 것이 우거졌다. 그리고 맨 위에 제일 높고도 큰 교회가 있다. 마을을 감시하는 것일까. 아니면 마을을 지키는 등대처럼 안식처가 되어 주는 곳일까.

화가의 세계관이 궁금했다. 상상화임에도 전달하려는 메시지가 너무도 강렬했다. 거대한 소라는 우리 세계를 상징하는 것은 아닐까. 그 위에 집을 짓고 사는 우리들은 언제나 낭떠러지에서 불안한 삶을 살아간다. 그리고 안식처가 되어 준다는 종교도 어쩌면 우리 인간을 감시하고 옥죄는 덫은 아닐까. 그럼에도 다행인 것은 찾고자 한다면 거대한 소라의 속처럼 다른 세계와의 소통 통로를 발견할 수 있다는 것이다. 불안한 세상, 그럼에도 희망을 주고 싶은 화가의 마음이 느껴지는 그림이다.

내가 그림 앞에 한참 동안 서 있던 것을 알았는지 늙은 화가는 사라는 손짓을 했다. 흰머리가 듬성한 머리를 산발한 채 인상을 쓰고 그림을 그릴 때는 험상궂은 모습이었다. 그런데 환하게 웃어 보이는 노인은 순후무비 그 자체였다. 만약 시간이 넉넉했다면 그 화가와 이야기를 나누었을 것이다. 저만치서 일행들이 소리를 지르고 있다. 홍정도 일사천리로 이뤄졌다. 그림을 들고 뛰면서도 자꾸만 그 노인이 있던 늙고 우거진 나무 아래를 힐끔댔다. 지금도 그 늙은 화가는 세상 사람들에게 들려주고 싶은 이야기를 생각하느라 주름이 더 늘어 가고 있겠지?

집으로 가는 길

그를 만난 건 루마니아 콘스탄차에서다. 그를 보자마자 한 사람이 떠올랐다. 1950년대 〈왕과 나〉라는 영화로 스타가 된 미국배우 율 브리너. 순간 어리둥절했다. 부리부리한 눈, 머리카락이라고는 한 올도 보이지 않는 반질반질한 민머리, 까무잡잡한 피부, 말을 하지 않았다면 누가 봐도 루마니아 사람이었다. 버스에 올라온 그는 몸이 무척이나 가벼워 보였다. 그가 한국말로 인사를 하자 순간 어떻게 한국말을 배웠을까라는 호기심까지 일었다. 그때까지도 한국 사람이라는 사실을 상상도 못 했다. 우리의 표정을 읽었는지 자신은 고향이 완도이며 이름은 김○○이라고 했다. 이름은 또 얼마나 순박하던지. 천생 한국 사람이었다.

이번 여행은 학회 일정이 끝난 이후에 이루어지는 관광이니 선택 관광은 물론이고, 쇼핑도 포함되지 않았다. 그래서인지 여행지는 주로 유서 깊은 도시였다. 또한 불가리아와 루마니아, 두바이의 각 나라마다 가이드도 달랐다. 그 나라의 역사를 깊게 알게 된 기회가 되었다. 불가리아를 떠나 루마니아에서 만난 가이드는 그동안의 가이드에 대한 인식을 조금 다르게 해주었다. 고향이 전라도 완도라는 그는 그간 코로나로 인해 관광객을 맞지 못해서인지 무척이나 우리를 반가워했다. 루마니아의 역사와 함께 유럽을 설명하면서 비행기가 아닌 기차로 고향을 가고 싶다는 바람을 내비쳤다. 아내는 루마니아인이지만 자신은 여전히 한국인이라고 말하는 표정에선 고향에 대한 아련함이 묻어났다.

그는 루마니아를 정말 사랑하고 자랑스러워했다. 긴 이동거리 때마다 버스 앞자리에 앉아 루마니아에 대해 더 많은 이야기를 들려주려 애썼다. 그중 루마니아를 대표하는 체조 선수 나디아 코마네치의 이야기는 지금도 귓가에서 맴돈다. 마치 자신이 체험한 듯 애잔하면서도 안타까움이 배어난 목소리로 나디아 코마네치의 삶을 들려주자 일행들 모두가 귀를 기울여 듣지 않을 수 없었다. 긴 시간이었음에도 지루하지 않았다. 이야기가 끝나자 우리들은 모두 박수로 그에게 아니, 나디아 코마네치에게 어쩌면 루마니아인들에게 위로와 용기를 보냈다. 그의 이야기에는 진심이 느껴졌다.

루마니아 마지막 여행 날, 공항으로 가기 전 그는 먼저 우리에게 작별의 인사를 고하고 버스에서 내렸다. 우리들은 아쉬움과 고마움의 박수로 배웅했다. 잠시 후 길을 건너 저만큼에서 그의 뒷모습이 보였다. 힘이 들어서일까, 허탈함일까, 아쉬움일까. 축 늘어진 어깨와 한없이 무거워 보이는 발걸음 그리고 텅 빈 등이 한없이 외로워 보였다. 집으로 가는 길, 지금 무슨 생각을 하며 걷는 것일까. 측은하다는 생각에 "안됐어요."라는 말이 튀어나왔다. 그런데 나만이 그의 모습을 보고 있었던 것은 아니었는지 차 안의 일행들이 비슷한 마음을 내비쳤다. 사람의 뒷모습이 저리도 많은 감정을 가지고 있다니 놀라웠다. 그가 코로나로 인해 못했던 이야기를 우리들에게 들려주려 얼마나 많은 준비를 하고 쏟아부었는지 알고도 남는다. 아마도 고국의 사람들을 맞고, 보내는 일은 여전히 쉽지 않은 일인가 보다. 저리 정도 많고 옹골지지 못하니 말이다. 그럼에도 여전히 가이드라는 직업을 버리지 못할 것이라는 생각이 든다. 진솔한 눈빛과 환하게 웃어 주던 모습에서 얼마나 자신의 직업을 사랑하는지 알아차렸다.

언제일지 모르나 만약 다시 루마니아에 간다면 아마도 그를 다시 찾을 것만 같다. 그래서 그날 우리들에게 미처 들려주지 못한 이야기를 마저 듣고만 싶다.

연필 한 자루

여행이 그리운 계절이다. 여행을 가기 위해 짐을 쌀 때면 언제나 필통은 빠뜨리지 않는다. 필통에는 볼펜 외에도 연필과 커터 칼을 꼭 넣고 다닌다. 샤프가 깔끔하긴 하나 깎아서 쓰는 연필이 왠지 더 정감이 간다. 번거롭기는 하지만 연필을 깎다 보면 초등학교 시절의 모습이 떠올라 슬며시 웃음이 나올 때도 있다. 유난히도 손재주가 없었다. 예를 들어 찰흙으로 작품을 만드는 미술시간이면 친구들이 만들어 놓은 작품이 신기하기도 하고 부럽기도 했다. 재주가 필요한 건 미술시간뿐만이 아니었다. 연필을 깎는 일도 그렇다. 물론 모든 친구가 연필을 예쁘게 깎는 것은 아니지만 그래도 나보다 모양을 이상하게 깎는 친구는 드물었다.

요즘 그림 그리는 수업을 받는다. 첫째 시간은 소묘 시간이었다. 연필 하나만으로도 멋진 그림이 된다는 사실이 믿기지 않았다. 수업에 앞서 강사님은 자신이 지난 주말 여행을 가서 그린 것이라며 그림 한 점을 보여 주었다. 분명 풍경화는 맞는데 연필 하나로 그린 작품이었다. 어떠한 색도 들어가지 않았다. 그럼에도 정말 근사했다. 연필만으로 생생한 느낌을 줄 수 있다니 놀라웠다. 작가가 글을 쓸 때, 자신만의 문체뿐 아니라 대화체를 넣으면 글에 한결 현장감이 느껴져 생생함을 얻는다. 그렇다면 그림은 무엇으로 생생함을 줄 수 있을까. 그것은 바로 명암이었다. 미세하게 달라지는 밝음과 어두움이 눈과 마음을 미혹했다. 평화로운 강가의 모습, 들러리로 서 있던 나무들과 그림자까지 정말 신비로웠다. 화가들의 눈에는 자연의 빛도 시시각각 다르게 보인다는 것을 새삼 깨닫는다.

만약 연필 한 자루가 혹자들의 손에 있다면 무엇을 할까. 연필 한 자루는 각자 자신의 관심사에 따라 그 쓰임이 달라질 것이다. 지금은 그렇지 않겠지만 예전에는 아기의 첫돌을 맞는 돌잡이 상에 꼭 빠지지 않는 물건이 연필이었다. 부모들은 은근히 자신의 아기가 연필을 잡아 주기를 바라기도 했다. 아기가 연필을 잡으면 집안에 박사가 나오겠다며 환호성을 질렀던 시절, 그만큼 연필의 의미는 아이의 공부를 넘어 부모의 자존심이 되었던 듯하다. 요즘은 펜보다는 컴퓨터를 이용하여 작품을 쓰는 작가들이 많다. 그럼에도 펜으로 쓴 원고지가 사람의 키만큼 쌓인 문학관의 진열대 앞에 서면 어김없이 우리는 그 위대함에 저절로 숙연해지곤 한다. 그것은 바로 작가의 피와 땀이 배어 있는 시간의 위대함이기 때문이다.

오늘은 연필로 그리는 드로잉을 배웠다. 칸을 나누어 각기 다른 선으로 그린 그림이 제법 멋있게 그려졌다. 자아도취에 빠져 있는데, 강사님은 유치원생들이나 초등학생들에게도 비슷하게 수업을 하신다며 아이들의 그림을 보여 주셨다. 이럴 수가, 아이들은 내가 생각지도 못했던 모양들을 그렸지 않은가. 그림이 재미도 있고 멋졌다. 틀에 잡혀, 더 이상 나가지 못하고 본 대로 배운 대로 그리고 있는 내 그림과는 정말 다른 그림이었다. 좌절을 맛보고야 말았다.

하기야 우리 세대는 하늘은 파란색, 나무는 초록색, 땅은 황토색이라고 배우지 않았던가. 그렇게 틀을 만들어 놓고 가르치고 배웠으니 그 틀을 깨기가 어디 쉬운가. 그래도 포기는 하지 않겠다. 이제부터라도 그림을 처음 배운다는 마음으로 다시 시작을 해보고 싶다. 모르긴 몰라도 내 여행 가방에는 이제 노트북 말고도 스케치북이 필수품으로 자리 잡지 않을까 하는 생각이 든다. 벌써부터 설렌다. 연필 하나로 세상이 그려진다니….

길잡이별

여전히 코로나로 불안한 세상이다. 그럼에도 공항은 관광객들로 붐빈다. 주변 지인들도 해외여행을 가자며 성화다. 여행은 생각만 해도 설레고 기분을 좋게 만든다. 지난달 발칸반도로 여행을 다녀왔다. 이번엔 패키지여행이 아니었다. 불가리아의 소피아 대학에서 학회가 있었다. 학회가 끝나고 불가리아와 루마니아, 두바이를 둘러보는 여행이었다. 선택 관광도, 쇼핑도 포함되지 않았다. 주로 유서가 깊은 도시와 건물들을 둘러보는 일정으로 진행되었다. 그간 다녔던 여행과는 거리감이 있어 좋았다. 가이드와의 불필요한 신경전도, 언쟁도 없다. 이런 여행이라면 내일이라도 또 설레며 기다릴 듯싶다.

그동안 여러 나라를 여행하면서 적지 않은 가이드들을 만났다. 낯선 곳에서 가이드의 역할은 정말 중요하다. 그것은 그 나라에 대한 인식까지도 바꿀 수 있게 만드는 게 가이드의 힘이기 때문이다. 아직까지 불편함으로 잊을 수 없는 여행은 5년 전쯤 패키지로 갔던 라오스 여행이었다. 물론 패키지로 갈 때 선택 관광이 포함되는 것은 당연하다. 하지만 패키지 상품에는 선택 관광을 하지 않더라도 어떠한 불이익을 받지 않는다고 명시가 되어 있다. 그러나 막상 현지에서 여행을 하다 보면 집요하게 선택 관광을 강요하는 가이드들이 있다. 가이드에게 선택 관광은 부수입을 올릴 수 있는 기회이니 한편으로는 이해가 안 되는 것도 아니다. 하지만 자신의 이익을 위해 관광객들을 불편하게 만드는 것이 가이드로서의 올바른 태도는 아니다.

우리 팀을 맡은 가이드가 꼭 그런 사람이었다. L 여행사를 통해 라오스 관광을 하게 된 우리는 10년 넘게 인연을 이어 온 세 부부의 모임이었다. 인천공항에서 다른 팀들과 합류하여 즐겁게 떠난 여행이었다. 하지만 여행 내내 얼마나 불편했는지 모른다. 우리 일행들의 나이는 평균 60을 훌쩍 넘어선다. 라오스의 방비엥 지역을 여행할 때였다. 그날은 오전에만 관광이 있고 오후는 자유시간이 주어진 날이었다. 가이드는 우리에게 짚라인 체험을 해보면 어떻겠냐고 했다. 세 부부 중 유일하게 50대의 젊은 축에 드는 남편과 나는 활동적이면서도 해보지 않은 체험에 호기심이 일었다. 하지만 두 부부는 질색하며 거절을 했다. 체험할 자신도 없지만 무엇보다 위험하기도 하고 안전하지 않다는 이유였다. 할 수 없이 하지 않겠다고 대답을 하자 그때부터 가이드의 태도가 달라지기 시작했다.

그날 이후로 가이드는 우리들에게는 눈길도 주지 않았고 불친절하기 이를 데가 없었다.

가이드는 우리가 전통시장이며, 마사지에 대해 물어보아도 알아서 하라는 말만 남기고 어디론가 사라져 버렸다. 저녁 시간을 잘 맞춰 식당에서 만나자는 말만 남겼다. 그 뒤 나는 우리 일행의 가이드가 되어야 했다. 우선 숙소의 안내원에게 주변 지도를 받아 들고 전통시장을 찾아 나섰다. 전통시장은 우리 숙소와 지척에 있었다. 그곳에서 우리는 선물도 사고 이것저것 구경을 하며 오랜만에 행복한 시간을 보냈다. 저녁에는 숙소 앞의 마사지 집에서 가격을 흥정해 저렴한 가격으로 마사지도 받았다. 그다음 날 여행 상품으로 포함된 마사지를 받았는데 전날 숙소 앞에 있던 집에서보다 훨씬 개운하지도 않았다. 무엇보다 가격이 터무니없이 비쌌다. 가이드는 라오스 공항에서 우리를 배웅하면서도 정말 불친절했다. 여행에서 돌아와 여행사에 불만을 토로했고 사과도 받았다.

옛날 우리 선인들은 하늘에 떠 있는 북두칠성을 보며 방향을 잡아 길을 찾았다고 한다. 그래서 북두칠성처럼 방향을 알려 주는 별을 길잡이별이라고 불렀다. 가이드는 관광객들이 타지에서 느끼는 불안함이나 불편함을 줄여 주기 위해 길잡이 역할을 하는 사람이다. 그러니 땅 위의 길잡이별인 셈이다. 지금도 모임에서 회원들을 만나면 여행은 또 언제 가냐고들 한다. 그리고 라오스에서의 일을 이야기한다. 라오스 여행에서 우리끼리 다녔던 순간들이 더 행복했다고…. 아주 잠깐이었지만 그래도 우리 일행들이 길잡이별이었던 나로 인해 행복했다는 말에 얼마나 뿌듯했는지 모른다. 나는 여행이 끝나는 날 공항에서 나누는 여행객들과 가이드의 작별인사를 통해 여행의 성공 여부를 판단한다. 그리고 그 나라가 그리운 건 그곳에서 길잡이별이 되어 주었던 사람 때문은 아닐까라는 생각도 해본다.

포옹의자

참으로 따듯한 이름이다. '포옹의자', 이름만 들었을 때는 그 의자에 안기고 싶다는 충동이 일었다. 요즘 ENA 채널에서 방영 중인 드라마 〈이상한 변호사 우영우〉가 우리나라를 넘어 세계에서도 호평을 받고 있다고 한다. 드라마 보는 것을 그리 좋아하지 않지만 요즘은 챙겨 보는 프로그램 중에 하나다. 그동안 법정에 관련된 많은 프로그램이 있었다. 아무래도 범죄와 관련된 이야기다 보니 치열한 공방 속에서 밝혀지는 진실보다는 음모, 비열함 등이 난무해 나중에는 참담함을 느꼈던 순간이 여러 번이었다. 물론 다른 드라마도 그렇지만 유독 법정드라마를 좋아하지 않는 이유이기도 하다.

그럼에도 〈이상한 변호사 우영우〉를 보는 이유는 따뜻함이 느껴지기 때문이다. 특히 우영우 변호사가 문제 해결을 앞에 놓고 고전을 할 때, 문득 고래가 헤엄쳐 다가오는 장면이 나타나면 우영우 변호사에게 해답을 안겨 주곤 했다. 드라마의 각본은 감독의 몫이라 하지만 그 발상이 얼마나 동화적이란 말인가. 어쩌면 이런 변호사도, 이렇게 해결되는 일도 우리 현실에서는 없을 수도 있다. 하지만 희망과 위로를 주는 드라마임에는 틀림이 없다.

얼마 전 라디오에서 청취자가 들려주었던 말이 생각난다. 요즘은 사내 직원들끼리 만나면 주로 하는 대화가 '우영우'에 관한 이야기라고 한다. 그만큼 〈이상한 변호사 우영우〉는 정말 이상하고 기이한 이야기다. 하지만 이런 관심사를 거꾸로 생각해 보면 '우영우' 같은 변호사가 우리 사회에서 나와 주기를 바라는 발로가 아닐까 싶다. 우리 사회는 아직까지도 장애인의 사회 진출을 그리 달가워하지 않는다. 예를 들어 만약 자신의 사건을 맡은 변호사가 자폐를 가진 사람이라면 선뜻 받아들일 수 있을까. 자폐를 가진 변호사와 비장애인 변호사가 있다고 하자. 두 사람 모두 우수한 성적으로 변호사가 되었을 뿐 아니라 능력 있고 유능하다면 우리는 과연 누구를 선택할까. 대부분 소이대동한 답을 하리라 본다.

'포옹의자'는 어쩌면 〈이상한 변호사 우영우〉를 시청하는 사람들에게 들려주고 싶은 감독의 숨은 의도가 아닐까. 사실 포옹의자를 실제로 본다면 그 말에서 느껴지는 것처럼 그리 따뜻해 보이지는 않는다. 포옹의자는 프랑스의 산업 디자이너 알렉시아 오드레인(Alexia Audrain)이 디자인한 Oto 의자이다. 이 의자는 감각 과부화 증상을 보이는 자폐증 환자를 위해 만든 의자라고 한다. 결국 의료기라는 얘기다. 그런데 '감각 과부화 증상 완화 의료기'라고 하지 않고 '포옹의자'라고 이름 붙인 것은 참으로 환자를 배려한 발상이라는 생각이 든다. 비장애인이 보기에는 답답해 보이는 이 의자가 자폐 스펙트럼 장애를 가진 사람에게는 마음의 안정을 가져다주고 자신을 지켜 주는 의자다.

드라마는 모두 허구라는 인식으로 인해 〈이상한 변호사 우영우〉가 자칫 입방아거리로 오르내리다 사라지면 어쩌나 하는 걱정이 앞선다. 흔하진 않지만 사실 자폐 스펙트럼 장애를 가진 변호사가 존재하기는 한다. 드라마 〈이상한 변호사 우영우〉의 모델일지도 모르겠다. 그 주인공은 미국의 헤일리 모스(Haley Moss)다. 그녀는 2019년 변호사 자격을 취득하고 로펌 'Zumpano Patricios'에 채용돼 활동하기도 했다고 한다. 물론 미국에서도 쉽지 않은 일이었는지 그녀는 미국 언론에서 화제가 된 사람이었다.

미국과 비교했을 때 아직은 우리 사회가 열린 사회는 아니라는 것도 인정한다. 그럼에도 우리 사회가 장애인을 위한 '포옹의자'가 되어 주길 희망해 본다. 주변의 수많은 '우영우'들이 우리와 함께 어깨를 겯고 당당하게 자신의 삶을 살아가는 세상, 따뜻하고 포근한 '포옹의자' 같은 사회가 되기를 소망하는 것이 부디 큰 바람이 아니길 바란다.

환대

치기였을까. 그 가게에 발을 들인 것이 애초 잘못이었다. 혼자서는 함부로 다니지 말라는 가이드의 당부도 있었다. 그럼에도 몇몇은 가이드와 함께 향신료와 대추야자 선물을 사고 있는 일행들 틈에서 슬그머니 빠져나와 여기저기를 기웃기웃했다. 그중 나도 한 명이었다. 여행을 가면 먹는 것보다 그 나라의 특징이 들어간 공예품을 사는 걸 좋아한다. 이전에 들렀던 불가리아 바르나의 구시가지에서는 파란색 등대 모형의 목각을 샀다. 루마니아 콘스탄차에서는 집시들의 장터인 골동품 만물상이라는 곳에서 쇠로 만든 모양도 색도 다른 작은 보석함 여러 개를 샀다. 그러니 당연히 이곳 두바이에서도 무엇을 살까 궁리를 하며 상점들을 힐긋거릴 수밖에 없지 않은가.

오늘은 해외 학회 마지막 일정으로 두바이의 향신료 시장을 방문했다. 이곳을 방문하기 위해서는 아브라라는 수상택시를 타고 신시가지와 구시가지 사이에 있는 크릭강을 건너야 한다. 시장에 들어서니 마스크를 썼음에도 향신료 냄새가 강하게 느껴진다. 가이드 말로는 몇 년 전 한국 연예인들도 방문해 촬영을 했던 곳이라고 했다. 그 말에 살짝 기대가 되었다. 하지만 강을 사이에 두고 풍경이 이리도 다를 수 있을까 하는 생각이 들었다. 방금 전까지만 해도 세계에서 손꼽히는 건물들이 즐비해 있는 시가지를 지나오면서 인간의 능력 한계치가 과연 어느 정도 인지를 궁금해하던 터였다. 감탄과 경이로움에 가슴이 진정되지 않았다. 그런데 강을 하나 사이에 두고 달라도 너무 달랐다. 두바이는 이슬람 문화권이라 그런지 어디를 가나 아랍인들의 복장을 한 사람들이 많다. 향신료 시장의 상인들도 예외는 아니었다. 향신료 시장이라지만 향신료 외에도 완구나 신발, 가방, 전통 그릇을 파는 곳도 있었다.

매는 높은 곳에서 먹잇감을 찾기 위해 선회를 한다. 그리고 일단 먹잇감이 정해지면 날개를 접고 300km의 속도로 급강하해 먹잇감을 발로 잡아챈다. 그러면 먹잇감은 기절하거나 즉사한다고 한다. 분명 그 파키스탄인들에게도 내가 먹잇감으로 훌륭해 보였으리라. 전통 그릇을 파는 그 가게 앞을 몇 번이나 서성거리다 지나가곤 했으니 그들에게 표적이 되기에 충분했다. 무엇보다 주위에 아무도 없고 혼자 어슬렁거리는 모습에 쾌재를 부르고도 남을 일이다. 이제는 먹잇감이 정해졌으니 공략이 문제였다.

키가 훤칠하게 큰 두 남자는 하얗고 긴 원피스처럼 생긴 깨끗한 아랍 전통의상을 입었다. 옷도 그렇고 무엇보다 얼굴이 너무도 말쑥했다. 몇 번이나 그 가게 앞을 지나다녀도 아무도 보이지 않았다. 그런데 세 번째로 그 가게 앞을 기웃거릴 때였지 싶다. 갑자기 등 뒤에서 "싸다 싸!"라는 소리가 들려왔다. 어찌 알았을까. 한국 사람인 걸…. 순간 그들이 있는 곳으로 다가갔고 무엇에 마취된 듯 가게 안으로 따라 들어가고 말았다. 바깥에 진열되어 있는 그릇보다 안에 있는 그릇들이 더 예쁘고 종류도 많았다. 사실 그들이 '싸다'라는 말의 뜻을 아는지는 모를 일이다. 그럼에도 타국에서 듣는 모국어에 동질감을 느꼈는지, 아니면 한국인의 좋은 모습을 보여 줘야 한다는 사명감이 생긴 것인지도 모르겠다. 그럼에도 다행인 건 순간 그들에게 "유로 오케이?"를 외쳤다는 것이다. 그때 내 수중에는 유로가 꽤 많았다. 무엇보다도 두바이 화폐는 있지도 않거니와 계산도 할 줄 몰랐다. 하지만 유로는 계산을 할 수 있어 유로로 계산을 하겠다고 했다. 하지만 그들은 두바이 화폐를 요구했고, 그게 아니면 카드로 하란다. 그때 미련 없이 나와야 했다. 하지만 색도, 재질도, 가격도 너무 마음에 들어 유혹을 뿌리칠 수 없었고 그만 그들의 요구대로 카드로 계산을 하고 말았다. 그때부터 그들의 표정과 태도가 바뀌기 시작했다. 영수증을 요구했지만 손을 내저었다. 줄 수 없다고 한다. 사냥이 끝난 것이다. 그들에게서 회심의 미소도 보았다.

무언가 싸한 게 느껴졌다. 그길로 가이드에게 달려갔다. 사정 얘기를 했더니 가이드가 혼비백산을 해서는 그 가게로 달려가 주었다. 카드 체크기를 압수하다시피 한 가이드는 눈이 휘둥그레져서 그들에게 협박에 가까운 소리로 호통을 치고는 결제 취소를 해주었다. 가이드는 그들이 파키스탄인들이며 전문적인 사기꾼이라고 했다. 관광객을 상대로 그렇게 먹고사는 사람들이라는 것이었다.

상냥한 미소를 띠며 다가올 때부터 알아차려야 했을까. 너무도 예의 바른 행동을 의심해야 했을까. "싸다 싸!"라는 말도 믿지 말아야 했을까. 과연 무엇이 문제였단 말인가. 아무리 생각해 보아도 그날 그들의 말투와 미소가 눈과 귀, 생각까지도 통제 불능으로 만들어 놓은 건 확실했다. 그러니 팔랑귀가 내게로 다가와 팔랑팔랑 휘날렸겠지.

가을 속으로

가을이 무르녹는 오후, 길을 나섰다. 지인과 점심을 먹고 용산저수지 둘레 길을 걷기로 했다. 어느새 이리도 가을이 깊어졌을까. 길섶 키 작은 풀꽃이 별 같은 꽃불을 켜 놓고는 바람에 살랑살랑 몸을 맡기고 있다. 연분홍 꽃을 단 고마리, 보랏빛 뾰족한 얼굴을 한 꽃향유, 빼빼 마른 가지에 엷은 자줏빛의 좁쌀 같은 작은 알맹이를 다닥다닥 붙이고 선 개여뀌, 부끄러움을 타는 소녀의 모습을 한 쑥부쟁이, 그야말로 야생초들의 계절이다. 이상하게도 야생초들은 다붓다붓 모여 있기를 좋아한다. 그리 몸을 맞대고 있으니 웬만한 바람에도 넘어지지 않으리라.

그러고 보면 야생초들은 홀로 피어 있으면 눈에 잘 띄지 않아 그냥 지나치기가 십상이다. 반면 장미처럼 정원에서 피는 꽃은 홀로 피어나도 크고 화려해 사람들의 눈에 금방 들어올 수밖에 없다.

하지만 정원의 꽃들은 사람의 손을 타지 않으면 벌레들의 습격이나 병으로 제대로 자라지 못한다. 잘 정돈된 정원은 풀 한 포기, 벌레 한 마리도 범접을 못 한다. 수시로 화학 성분의 약을 주기도 하고, 영양제를 처방하기도 한다. 겉으로 보기에 참 깔끔한 듯 보이지만 사람이 잠깐 방심을 하게 되면 금방 무너져 버리는 게 정원의 꽃들이다.

우리 뒷집이 그랬다. 할머니의 정원과 마당은 언제나 깔끔했다. 봄이면 키 큰 자두나무가 탐스런 하얀 꽃으로 마당을 밝혀 주고 가을이면 실한 열매로 할머니를 웃게 만들었다. 실한 자두를 먹기 위해 가끔 농약도 치셨다. 몸이 불편해서인지 마당에도 제초제를 뿌리곤 하셨다. 하지만 할머니가 집을 떠난 지 4년, 뒷집은 그야말로 무법천지다. 자두나무보다 더 큰 개복숭아나무는 어디서 날아왔는지 몰라도 마당의 주인이 된 지 오래다. 봄이면 꽃분홍색 꽃들을 가지마다 가득 달아 놓지만, 개복숭아 열매는 벌레가 파먹어 제대로 익지도 못하고 떨어지고 만다. 그리고 정원 여기저기를 밝히던 나리꽃과 장미꽃은 보이질 않는다. 아마 들풀에 눌려 제대로 자라지 못해 장미는 고사한 듯하고, 나리꽃은 군데군데 보이기는 하나 제빛을 발하지 못했다. 신기한 일은 산에서나 볼 수 있는 잔대와 취나물이 꽤 많이 보인다는 사실이다. 낮은 나무 담장을 사이에 둔 우리 집 뒤란을 거닐다 보면 뜯고 싶다는 충동이 일기도 하지만 빈집에 선뜻 들어가지 않게 된다.

뒷집의 땅을 밟고 자라난 환삼덩굴과 며느리밑씻개는 번식력이 얼마나 왕성한지 월담을 하기 일쑤다. 남편이 낫으로 덩굴을 아무리 쳐내도 며느리밑씻개는 금세 자라 담장에 턱을 괴고는 보라색 작은 알갱이를 흔들어 보인다. 드나드는 사람이 없으니 키 크고, 억센 놈들이 살아남는 식물들의 전쟁터다. 하지만 그렇게 전쟁터 같은 곳이 날짐승과 들짐승에게는 사람을 피해 숨을 수 있는 안식처가 되어 주기도 한다. 박새 부부도, 산비둘기도, 콩새와 참새 무리도, 빈집 처마 이곳저곳에 둥지를 틀고 키 큰 나무 위에서 쉬어 간다. 사람이나 식물이나 살아가는 모습이 왜 그리도 닮았는지 모르겠다. 정돈이 안 되면 어떨까. 열매가 덜 달리면 어떨까. 사람의 욕심으로 세상은 점점 힘들어지고 병들어 가는 게 얼마나 많던가. 있는 그대로 자연을 보아 주면 안 될까. 작은 몸이지만 서로 기대어 어우렁더우렁 살아가는 작은 생물들의 모습처럼 말이다.

우리는 어느새 산길로 접어들었다. 사람의 발소리에 놀랐는지 다람쥐 한 마리가 저만치서 산으로 휘리릭 사라졌다. 다람쥐가 있던 자리를 지나다 보니 통통한 도토리와 깍정이가 나뒹굴고 있다. 벌써 다람쥐는 겨울 식량 준비로 바쁜가 보다. 어디선가 숨죽이며 지켜보고 있을 다람쥐를 생각해 우리는 서둘러 그곳을 지나왔다. 추수의 계절, 산짐승들에게 넉넉함을 베푸는 가을이다. 산이 오늘따라 위대해 보이는 것은 왜일까.

4

겨울눈

잠시 바람의 소리를 듣는다

아무런 일을 하지 않아도 숨이 턱턱 막힌다. 그렇다고 혼자 있는 집에서 에어컨을 켜자니 밖에서 일하는 남편에게 미안한 마음이 들어 선풍기만 하루 종일 끼고 있다. 밖에서 들어오는 더운 바람 탓에 시원한 맛도 없다. 선풍기를 끄고 발코니로 나왔다. 파라솔 그늘에 앉아 있으니 그래도 간간이 바람이 지나간다. 생각 탓일까. 시원하다는 생각이 들었다.

가만히 눈을 감고 바람의 소리를 듣는다. 바람은 앞집 고추밭을 지나 옆집의 콩밭을 낮고 천천히 휘휘 돌아 나오다 주인이 부재한 뒷집 야생초들의 아우성에 그만 놀라 우리 집 연못에서 숨을 고르는 중이다. 습하지만 바람은 조용히 불고, 그 바람에 나뭇잎이 살랑이며 숨을 쉰다. 울타리에 매달린 머루는 뜨거운 햇살과 바람으로 옹골차게 몸을 만들어 간다.

며칠간 애를 끓이며 지냈다. 남편은 한 달 전부터 감기 기운이 있어 동네 의원을 들락거렸다. 종종 어지럽다며 비틀거리기도 했다. 무엇보다 몸무게가 시나브로 줄어들고 있었다. 그러던 어느 날 동네 의원에서 '혈액 종양 내과'를 가보는 게 좋겠다는 소리를 들었다. 정기적으로 받는 당뇨 검사에서 혈액 염증 수치가 이상하리만치 높게 나왔다. 일단 청주에 있는 대학병원에 예약을 했다. 그날 밤 인터넷에 검색을 해보았다. '백혈병'의 증세와 똑같았다. 청천벽력이다. 잠이 오지 않는다. 슬그머니 잠든 남편의 얼굴을 만져 보았다. 두려움에 눈물이 쏟아졌다. 그동안 내가 얼마나 겁도 없이 살아왔던가.

다음 날 서울에 살고 있는 아들을 통해 다시 큰 병원에 예약을 하고 며칠 후 진찰을 받았다. 그런데 의사 선생님의 표정은 담담했다. 아직 피 검사를 해보지 않아서 정확하지 않지만 '큐열'이라는 바이러스가 의심된다고 했다. 여하튼 종양은 아니라는 진단에 남편은 물론이고 아이들과 함께 가슴을 쓸어내렸다. 2주 뒤, 피 검사 결과 '큐열'이라는 바이러스로 확인되었다. 남편은 가축인공수정사이다. 의사 선생님이 진찰을 할 때 유독 남편의 직업에 관심을 보였던 게 이해가 되었다. 요즘 가축 관련 종사자들에게서 '큐열'이 종종 발생된다고 했다.

미국의 희극배우 찰리 채플린은 "인생이란 가까이서 보면 비극이지만 멀리서 보면 코미디"라고 했다. 그 말은 수많은 사람들에게 일어나는 대단한 일들도 멀리서 보면 결국 별 대수롭지 않은 일이라는 뜻이다. 남이 일을 당하면 평정심을 갖고 충고도 해주고 위로도 해줄 수 있지만 자신이 그 일을 막상 맞닥뜨리면 정신이 혼미해져 한 치 앞도 구분할 수 없게 된다. 이 얼마나 어리석은 일인가. 평소 그리도 똑똑한 체는 다 하더니 막상 남편이 몹쓸 병에 걸렸다고 생각하니 어찌할 줄 모르고 울며불며 야단법석을 떨고 말았다. 사실 어떤 순간이 와도 의연하리라 생각했다. 하지만 이번 일을 겪으며 얼마나 약하고 자만심이 컸는지를 절실히 깨닫게 되었다.

바람은 어느새 하늘로 치달아 올라 구름 위에 앉았다. 이내 구름이 검게 변하더니 후텁한 지상을 향해 울음을 토해 내고 있다.

산파꽃

며칠 새 푸르던 잎들이 널브러졌다. 마냥 싱싱할 줄 알았을까. 떠날 채비도 없이 맞이한 이별은 처절하기만 하다. 하루아침에 앞마당의 목련나무와, 라일락나무, 다래나무의 잎들을 비롯해 뒤곁의 호박 덩굴들과 고춧잎들까지 모두 검게 변해 버렸다. 별안간 들이닥친 추위는 식물뿐 아니라 사람들도 맥을 못 추게 만들었다. 가을옷을 입어야 할지, 겨울옷을 입어야 할지, 거리에는 아직 추위에 대비하지 못한 사람들이 어깨를 잔뜩 웅크린 채 잰걸음으로 종종댄다.

우리 집 정원에는 야생화가 많다. 둥글레, 참나리, 맥문동, 비비추, 할미꽃, 산철쭉, 진달래, 복수초, 으아리, 산제비꽃, 산파 등 이외에도 이름을 모르는 꽃이 몇 종류가 더 있다. 대개는 야생화를 파는 집에서 산 경우가 많지만 몇 종류는 몇 년 전쯤, 봄에 나물을 뜯으러 갔다가 산에서 캐 온 녀석들이다. 그중 하나가 '산파'였다.

산파의 연한 잎은 삼겹살을 구워 먹을 때 함께 먹으면 향긋하다는 지인의 조언을 듣고 채취한 것이다. 잎뿐 아니라 뿌리도 향긋해 뿌리째 캐 왔는데 먹기가 아까워 정원에 몇 포기 심어 놨었다. 그리고 까맣게 잊었다.

서리가 내린 얼마 전이었다. 두 번의 된서리에 정원의 나뭇잎들은 검게 변하거나 또는 제 색을 내지 못했다. 예년 같으면 정원 가운데를 지키고 있는 소국들이 활짝 피어 즐거움을 주어야 마땅하다. 하지만 웬일인지 올해는 국화도 거무죽죽하니 꽃송이를 피워 올리지 못했다.

그런데 언제부터 있었을까. 화단 경계석 앞으로 삐져나와 바람에 살랑살랑 흔들리고 있는 보라색 꽃 뭉치가 보였다. 처음에는 부추꽃인 줄 알았다. 그런데 가만 생각해 보니 부추꽃은 하얀색이지 않던가.

그날은 서재인 운정재 들마루에 앉아 따끈한 커피를 마시며 가을 햇살을 즐기고 있던 참이었다. 파란 하늘엔 구름이 떠가고 정원의 나무들은 낙엽을 하나둘 떼어 내고 있어 쓸쓸한 계절이라며 혼잣말을 하고 있던 때였다. 심은 지 10년쯤 된 관송나무 아래 부추를 닮은 녀석이 보랏빛 둥근 꽃을 달고 바람을 탄다. 가까이 다가갔다. 그런데 부추가 아닌 산파였다. 분명 화단 안쪽, 그러니까 목련나무 뒤쪽으로 심어 놨던 녀석이었다. 목련나무 뒤쪽을 살펴보았다. 과연 그곳에도 가는 줄기 끝에 보라색 둥근 꽃을 달고 있는 산파들이 군락을 이루었다. 그런데 그곳의 산파들은 땅에 영양분이 없었는지 힘이 없는 반면 관송 앞에서 그것도 흙도 많지 않은 강자갈 틈에서 자란 산파들은 튼실했다.

바람을 타고 씨앗이 날아왔으리라. 군락지를 벗어나 혼자 떨어졌으니 몇 배는 더 강해져야 했을까. 그렇게 몇 년을 그곳에서 조용히 힘을 키웠을 테다. 그리고 드디어 저렇게 아름답고 고고한 꽃을 피워 올렸다. 눈이 내린 듯 하얀 서리가 세상을 얼려도 산파는 보랏빛 꽃으로 강인함을 손수 보여준다. 아무리 보아도 대견하기만 하다. 꽃은 따뜻함만을 필요로 하는 것이 아니란 듯 말이다.

하기야 뜨거운 태양의 호된 담금질에 과일은 단맛을 내지 않던가. 된서리가 모든 나무들을 얼리고 이별을 강요한다 해도 분명 산파가 그렇듯이 어느 곳에선 꽃이 되어 피어나는 생명들이 있음을 알았다. 뜨거움도 차가움도 결국은 생명을 잉태하고 피워내는 모든 삶들의 영속이리니 감히 속단을 내리지 않겠다. 다만, 모든 것을 덜고 비워 내는 계절의 흐름 앞에 며칠짜리 묵언수행을 흉내 내서라도 이제는 욕심과 읍울에서 벗어나 보려 한다.

뒤늦은 안부

그녀에 대한 모든 것이 궁금했다. 학창 시절과 연애사, 하물며 가정사까지도 말이다. 중학교와 고등학교 시절 내내 모범생으로 학급 실장을 도맡아 했으며 서울의 유명한 대학에도 우수한 성적으로 합격했다. 대학 시절도 마찬가지로 최고의 성적을 받았다. 수없이 겪어 봤음에도 여전히 그들이 부재한 뒤에야 관심을 갖는다. 뒤를 돌아다보는 것이 얼마나 우스꽝스럽고 미련한 짓인 줄 뻔히 알면서 오늘 또 한 사람을 잃고서야 부재한 그를 추억한다.

이태 전에도 그랬다. 그녀와 그리 가깝진 않았지만 그래도 인사를 나누기도 했고 노래방도 같이 가 본 사이였다. 그녀의 집이 남편의 가게와 지척에 있었고, 그녀의 남편이 우리 가게에 종종 놀러 왔기 때문이기도 했다. 그녀는 아담한 체구였는데도 어르신을 돌보는 일을 했다. 얼굴에 그늘이라고는 없어 보였던 그녀가 어느 날 우울증이라고 했다. 우울증은 겉으로는 표시가 나지 않으니 전혀 예상도 못 한 일이었다. 나와 친하고 싶었을까? 내 생일에 몸에 좋다며 남편을 통해 감식초를 보내왔다. 사실 나도 갱년기 우울증으로 힘들어하던 때였다. 누군가와 친해지고 싶다는 생각을 할 겨를도 없었고, 무엇보다 그녀는 나와 성향이 다르다고 생각했다.

만약 그때 그녀를 불러내 차도 마시고 이야기도 나누며 그녀의 마음을 헤아려 주었더라면 그렇게 보내지 않았을 수도 있었을까. 언젠가 자신도 내가 들어간 단체에 들어가면 안 되냐고 물었던 적이 있다. 그때 그저 지나가는 소리로 "그러세요."라는 말만 던지고 말았다. 얼마나 공허했을까. 겨우 손을 내밀었는데 무의미한 손짓이 되고 말았으니 더 이상 어디에도 마음을 둘 곳이 없었을 것이다. 그 무렵 나도 갱년기 우울증을 버텨 내느라 고군분투 중이었다. 나름으로 고안해 낸 것이 여행이었다. 혼자 책을 싸 들고 바다가 보이는 펜션에서 며칠씩 묵다 집으로 돌아오곤 했었다. 그렇게라도 하지 않으면 답답한 가슴이 터질 것만 같았다. 남편을 통해 그녀 또한 우울증을 이겨 내려 기도원에서 며칠씩 지내다 온다는 소식을 들었다. 기독교인이었으니 하나님을 통한 치유의 방법을 택한 것은 당연하다고 생각했다. 그렇게 나도 그녀도 치유가 되기를 바랐다. 그런데 어느 날, 그녀가 극단적인 선택을 했다는 소리를 들었다. 무언가에 뒤통수를 세게 얻어맞은 기분이었다. 무엇이 그녀를 그렇게 힘들게 만들었을까. 삶을 포기하게 만든 것은 또 무엇이었을까.

함박눈이 내리던 날, 노량진의 8층 고시 학원에서 유명 강사의 수업을 듣는 500명의 학생들이 있다. 그중 오직 한 사람 '박지선'은 남산타워와 한강의 모습이 너무도 아름다워 넋을 잃고 바라본다. 그리고 자신이 정말 하고 싶은 일은 무엇일까를 생각하다 누군가를 웃게 만드는 일이 자신의 일이라 생각하고는 고시 학원을 나와 버리고 말았다. 큰 나무일수록 큰 그늘을 만든다고 했다. 언제나 해맑던 그녀였기에 행복할 거라 생각했다. 자신의 얼굴을 사랑했던 그녀였다. 예뻐서가 아니라 '독특한' 모습이었기에 사랑했다는 그녀가 삶의 끈을 놓아 버렸다. 언제나 밝게 웃음을 주었던 모습이 너무도 아프다. 웃는 게 웃는 것이 아니라는 말이 있다. 웃음 뒤편에 가려진 슬픔이 너무도 깊게 느껴진다. 모든 것이 완벽했다. 그녀가 우리에게 그토록 자신의 아픔을 감춘 것이. 마른 낙엽을 달고 있는 나무들이 바람에 떨고 있다. 떨어지지 않으려 겨우겨우 매달려 있건만 바람은 왜 그리도 매정할까.

이제는 아프지 않을까. 나는 또 이렇게 뒤늦은 안부를 물어본다. 부디 그곳에서는 편안하기를….

너무 멀지도 가깝지도 않게

예전에는 발소리만 들어도 후두둑 날아오르거나 저만치 자리를 옮기던 녀석들이었다. 하지만 지금은 그 많은 사람들이 걸어 다녀도 꿈쩍을 하지 않는 것은 물론이거니와 무슨 일이 있냐는 듯 물고기를 잡느라 여념이 없다. 그 모습이 신기해 가던 길을 멈추고 구경하는 중이다. 내심, 무얼 잡을 수나 있을까 하는 의심의 발로였을 테다. 한참 부리로 바닥을 되작이던 녀석이 드디어 꽤 큼직한 피라미 한 마리를 잡아내었다. 피라미는 청둥오리의 부리에서 빠져나가려 필사적으로 몸뚱이를 흔들어 보지만 청둥오리는 눈도 깜박이지 않고 삼켜 버리고 만다.

강추위에 읍내의 중심을 흐르는 천도 꽁꽁 얼어붙었다. 그럼에도 적지 않은 사람들이 산책한다. 좀 덜 추운 날은 짧은 패딩을 입고, 많이 추운 날은 긴 패딩에 장갑을 끼고 마스크까지 쓴다. 이렇게 걷기 운동을 시작한 지 일주일째다. 모임도 여행도 못 한 지 오래다. 이렇게라도 바람을 쏘이니 갑갑했던 마음이 달래지는 느낌이다. 혼자 걷는 사람이 꽤나 눈에 띈다. 물론 두세 명씩 걷는 사람도 몇몇 있다. 사회적 거리두기를 의식해서인지 마스크를 벗거나 큰 소리로 떠드는 사람은 별로 없다.

'임계 거리'라는 말이 있다. 그것은 너무 멀지도 않고, 너무 가깝지도 않은 적당한 거리를 말한다. 직장에서도 이러한 임계 거리는 꼭 필요하다. 현명한 리더는 적정 거리를 유지하는 사람이다. 부하 직원들을 대할 때 적정한 거리를 유지하되 친밀감과 유대감은 잃지 않으면서 너무 무심하거나 방관하지도 않는 마음, 그것이 직장에서 최고의 상사가 지녀야 할 마음가짐일 것이다. 이러한 '불가근 불가원(不可近 不可遠)의 원칙'은 여타의 인간관계에서도 필요하다. 가까운 친구 사이일수록 임계 거리는 꼭 지켜야 한다. 허물없이 지내는 사이라 하더라도 상처 주는 말을 하거나 상대를 배려하지 않는다면 언젠가 그 사이에 보이지 않는 금이 가게 되고 결국은 멀어지고 만다.

우리 사람뿐 아니라 야생의 세계에서도 임계 거리는 존재한다. 그런데 야생의 동물들에게는 임계 거리를 다른 표현으로 쓰기도 한다. 바로 도주 거리(Flight Distance)와 싸움 거리(Fight Distance)다. 포식자가 일정한 거리를 두고 있어 도망가지 않아도 되는 거리를 도주 거리(Flight Distance)라고 하며, 반대로 일정 거리를 무시하고 좁혀 오며 공격을 하는 것을 싸움 거리(Fight Distance)라고 한다. 그래서 맹수를 다루는 조련사들에게 이러한 적정한 거리를 잘 유지하는 것은 매우 중요한 일이라고 한다. 동물들과 너무 멀리 떨어져 있으면 조련사를 무시하게 되고, 그렇다고 너무 가까이 가면 동물들이 위협을 느껴 공격을 할 수 있기 때문이다. 조련사의 말을 잘 들으면서도 동물들이 공격을 하지 않는 거리를 동물행동학에서는 '임계 거리(Critical Distance)'라고 한다. 그렇다면 소통을 한다는 말이나, 배려를 한다는 말은 '임계 거리'를 유지하고 있다는 것의 다른 표현이 아닐까.

유유자적 물속을 되작이는 겨울 철새가 우리를 비웃고 있을지도 모르겠다. 추위에 움츠린 채 앞만 보고 걷는 사람들을 보며 겨울 철새는 안전한 도주 거리(Flight Distance)라고 생각하는 듯하다. 갑자기 암컷 청둥오리 한 마리가 소리를 지르기 시작한다. 덩달아 옆에 있던 새들도 합세를 했다.

"꽤깨깨깩, 깨깨깩."

지나던 사람들이 일순간 멈춰 그 녀석들을 향해 섰다. 우리가 얼마나 우스웠으면 비웃다 못해 이제는 저렇게 호통을 치고 있는 걸까?

기억의 우물

옛일을 기억하는 건 즐거운 일일 수도 있으나 때론 슬픈 일일 수도 있다. 그런데도 이상하게 오래된 친구와 나누는 이야기에는 언제나 즐거웠던 순간에 대한 추억뿐이다. 분명 그 시절엔 부족함이 많아 헐벗는 일이 비일비재했다.

살아온 날이 길면 그에 맞게 친구도 많아야 하고 곁에 남아 있는 사람의 수가 쌓여 가야 한다. 그런데 사람의 관계는 이상하게도 세월이 흐르면 흐를수록 친구도, 속을 터놓을 수 있는 정인의 수도 가난해진다. 물론 모든 사람이 그렇지는 않다. 하지만 주위의 지인들도 사정이 비슷해 보이니 살아 낸 횟수와 인적 재산의 크기는 비례하지 않는 듯하다. 변명이라면 구차할지 모르나 나의 경우는 살갑지 못한 성격 탓일 거라고 보아도 무방하다.

가끔 잊을 만하면 연락이 오는 친구가 있다. 그 친구 역시 오랜 세월을 연락도 없이 지내다 몇 년 전 먼저 연락을 해 와 이어지게 되었다. 그 친구와는 그야말로 죽마고우다. 그 친구의 집과 우리 집은 아주 가깝지는 않으나 그렇다고 그리 멀지도 않았다. 밭을 가운데 두고 대문을 마주보고 있는 집이었다. 그러다 보니 동네 친구들 중에는 제일 잘 어울렸다. 어제도 그 친구는 우리의 어린 시절 이야기를 아름답게 펼쳐 놓았다.

여름밤이면 우리는 동네 가운데에 흐르던 넓지 않은 개울의 상류에서 목욕을 하곤 했었다. 읍내의 목욕탕이 여름철에는 문을 열지 않은 이유도 있었지만 어쩌면 그것도 또래 여자아이들의 놀이였지 싶다. 개울에서 목욕을 하는 데에는 또 다른 이유가 있다. 개울 바로 옆에는 용배네 할아버지의 수박밭과 참외밭이 있었다. 깜깜한 밤, 덩굴을 헤집고 몰래 수박을 따 오는 일은 한 번에 성공할 리 만무했다. 밤이니 쪼개 보아도 잘 익었는지 알 수 없었다. 덜 익어 비릿했던 그 수박 맛은 지금도 잊히지 않는다. 지금처럼 각박한 세상에서는 남의 밭에서 수박 서리를 하는 꿈은 꾸지도 못할 것이다. 하지만 그때는 네 것, 내 것보다는 우리 것이라는 말이 자연스러운 때였다. 다음 날 아침이면 개울에 덜 익은 수박의 잔해들이 널브러져 있어도 범인을 잡으려고 하지 않았다. 굳이 잡으려 하지 않아도 누가 그랬는지는 이미 알고 있었을 테니 말이다.

사람의 세월은 기억을 잊어 가는 시간이라고 해도 틀린 말이 아니다. 기억의 저 먼 밑바닥을 훑어보면 잡을 수 있는 것이 과연 얼마나 될까. 설령 먼 기억들이 생각난다 해도 어쩌면 즐거웠던 일보다는 아프고 힘들었던 일들이 더 새록새록 떠오를 것이다. 그래도 다행인 건 그토록 고통스러웠던 순간들도 세월이라는 특효약으로 인해 연해지고 무뎌져 다시 살아가게 해주는 힘이 된다는 것이다. 반대로 그때 그렇게 즐거웠을까 할 정도의 소소한 행복들은 거대한 풍선처럼 커져 가슴을 따듯하게 데우는 난로가 되어 주곤 한다.

우리 집에서 무엇을 그리 맛있게 먹었던 것일까. 생각나지도 않는 일인데 친구는 정말 맛있고 좋았다고 목청을 돋운다. 우리의 먼 기억은 추억을 담은 우물일까. 퍼내면 또 생기고, 솟아오른다. 추억의 우물에서 길어 오른 이야기들이 참 맑기도 하고 달기도 하다. 수박이 익으면 이웃들과 나누어 먹고, 떡이라도 하는 날이면 동네를 돌아다니며 나누어 주느라 신나게 발품을 팔곤 했던 그때가 그립기만 하다. 그것은 아마도 마르지 않는 기억의 우물을 간직한 오래된 친구가 있기 때문일 것이다.

시절인연

"모든 인연에는 오고 가는 시기가 있다는 뜻이다. 굳이 애쓰지 않아도 만나게 될 인연은 만나게 되어 있는 것이고 애를 써도 만나지 못할 인연은 만나지 못한다는 것이다."

법정스님의 〈시절인연〉이라는 글에 나오는 문장이다. 영원한 것은 없다는 말, 이즈음에서야 조금씩 깨닫는다. 스쳐 지나는 모든 사물과 소소한 일상까지도 어찌 보면 잠시 잠깐의 인연일 뿐이다. 그저 작은 인연이 닿았음을 배워 간다. 그것도 모르고 내게 오면 달아날까, 놓칠까 애면글면하고 안절부절못하며 살아왔다. 그동안 내게로 왔다 멀어져 간 것들이 얼마나 많던가. 가만히 눈을 감고 기억들을 헤집어 본다.

언제나 그랬다. 다가오는 사람들은 모두 내 사람이라 생각해 속마음까지도 모두 터놓곤 했다. 하지만 종종 마음을 할퀴고 떠나 버린 사람들이 더러 있었다. 그때마다 벽을 세우고 안으로 우물을 파곤 했다. 점점 깊어지는 우물 속을 들여다보고는 다시는 그렇게 하면 안 된다고 다짐도 했던 것이 한두 번이 아니다. 그러다 보니 어느새 관심도, 다정함도 헤프지 않은 사람으로 살아가고 있는 중이다. 하지만 그것이 잘한 결정이었는지는 의문이다. 사람 관계의 무딤이 엉뚱한 쪽으로 깊어졌다. 귀한 화초를 보면 탐이 나 값이 좀 나가더라도 기어코 구해서 우리 집 화단에 꽂아 놓아야 직성이 풀린다. 그러다 보니 화단에는 질서도 없이 화초들이 빽빽하다. 화초뿐 아니라 동물들에게도 마찬가지다. 우리 집으로 들어오는 길고양이나 길강아지를 내치지 못하고 군식구로 받아 주곤 했다. 그중 우리 집 마당을 자신의 근거지로 삼아 곁을 내어 주는 녀석들이 있다. 그 녀석들은 '내 거'가 되어 이름도 지어 주고 전화번호를 새겨 넣은 목걸이도 걸어 주었다. 너무 과하면 탈이 난다고 했던가. 그렇게 '내 거'가 된 강아지와 고양이가 병으로 세상을 떠날 때마다 마음을 추스르는 것이 쉽지가 않다. 그런 일들이 반복되어도 길을 떠도는 생명들을 받아 주는 일은 포기할 수가 없다.

시절인연이라는 것이 모든 것은 다 때가 있어 만나고 싶지 않아도 그 때가 무르익으면 만나게 되고, 또 만나고 싶어도 때가 되지 않으면 만날 수가 없다는데 왜 그것을 받아들이지 못하는 것일까. 작년 봄, 동물 병원 앞에서 잃어버린 고양이 '밤이'와 범백으로 갑자기 세상을 떠난 '곰이', 그리고 올해 제대로 된 치료도 받지 못하고 하늘나라로 떠난 강아지 '몽이', 그 외에도 우리 가족이 되어 살다 간 수많은 동물들은 아직도 핸드폰에 그 모습이 저장되어 있다. 아직도 녀석들이 보고 싶어 종종 꺼내어 들여다본다. 내가 잘못하여 그렇게 된 것 같아 죄책감에 사로잡힌 적도 많았다. 하지만 이제는 시절인연으로 여기려고 한다. 그동안 왔다 간 모든 인연들, 사람뿐 아니라 동물도 모두 말이다. 때가 되어 왔다 또 때가 되어 떠난 것이니 힘들었던 마음의 짐을 내려놓으리라.

며칠째 때 이른 무더위가 이어지고 있다. 비라도 한 줄금 내렸으면 좋으련만, 하늘은 내 마음을 아는지 모르는지 해맑기만 하다. 고추며 상추는 무더위에 비들비들한데 마당에 난 잡초는 왜 저리도 무성한지 모르겠다. 저 풀들은 어쩌다 나와 뽑고 뽑히는 악연으로 얽힌 것일까. 참으로 야속하기만 하다. 그래도 어쩌랴. 저 풀도 인연이 있어 그런 것을. 그러고 보면 풀들은 벌써 모든 것을 다 알고 있다는 생각이 든다. 눈에 보이는 풀을 미끼로 은밀히 자신의 씨앗을 퍼트려 시절인연이 닿지 않도록 한 것만 보아도 그렇다. 뽑고 뽑아도 어디서 날아와 마당을 점령해 대니 속수무책이다. 아뿔싸, 그렇다면 저 풀들은 이미 해탈의 경지에 이른 것이 아닌가.

이럴 줄 알았다

호미를 들고 마당을 살폈다. 분명 겨울인데도 푸릇한 들풀들이 여기저기 올라왔다. 하긴 이번 겨울이 겨울답지 않긴 했다. 그렇다고 이 계절에 풀을 뽑으러 다니다니 상상도 못 한 일이다. 실한 것이 제법 덩치도 있는 편이었다. 복수초는 엄지손가락만큼 올라와 있었고, 수선화도 초록색 여린 잎을 슬며시 내밀었다.

지난주였다. 그렇게 마당의 풀을 뽑았던 것이. 그런데 엇그제 이틀에 걸쳐 눈이 내렸다. 이번 겨울을 통틀어 제일 많이 내린 눈이었다. 폭설로 안전사고에 대한 방송이 이어졌고, 교통사고 소식도 들려왔다. 때 늦은 눈 소식에 사람뿐 아니라 땅속에서 기지개를 켜던 동·식물들도 놀랐을 테다.

마당으로 나가 보았다. 다행히도 눈이 녹아 복수초도 수선화도 잘 버티고 있었다. 아마도 놀란 가슴을 쓸어내리고 있는 중이리라.

하지만 잘 버티고 있는 것은 화단의 화초뿐이 아니었다. 마당의 들풀들도 잘 견디고 있었다. 뽑히지 않은 것뿐 아니라 지난주 뽑았던 돌나물, 망초, 광대나물은 시들기는커녕 싱싱하기까지 하다.

다른 때 같았으면 연일 폭설에 대한 뉴스로 모든 신문과 방송이 떠들썩했을 테지만 '코로나19'에 밀려 관심도 받지 못한다. 기후 변화는 전염병을 부른다고 했다. 지구의 온도가 점점 올라가고 있다는 것을 체감하는 요즘이다. 어쩌면 재앙과도 같은 '코로나19' 사태는 예견된 시나리오였을지 모른다. 19세기 산업혁명이 일어난 이후 우리 인류는 급속한 발전을 가져왔다. 그로 인해 우리의 생활은 더욱 더 편리해졌으며 수명 연장의 꿈도 이루어 냈다. 그야말로 백세 시대가 도래한 것이다. 그럼에도 인류의 문명을 대표하는 과학의 발전을 비웃기라도 하듯 변종 바이러스들이 창궐했다.

얼마 전 KBS1 교양 프로그램 〈다큐 인사이트-천년 거목의 죽음, 바오밥의 경고〉를 보았다. 전 세계적으로 가장 크고 2,000년 이상을 살 만큼 수명이 긴 식물 중 하나라는 바오밥나무가 요즘 돌연사하는 일이 잦아지고 있다고 한다. 주변 생태계의 균형을 유지하는 역할을 담당하는 바오밥나무가 죽어 간다는 것은 정말 큰일이 아닐 수 없다. 그런데 바오밥나무가 죽어 가는 이유가 바로 남아프리카 일대의 급격한 기후 변화, 즉 극단적 기상이변 현상 때문이라고 밝혀졌다. 그것은 또한 인간의 활동에 의한 지구온난화라는 게 과학자들의 입장이다.

당장 우리나라에서도 기후 변화에 대한 이상 현상들이 보고되었다. 명태가 잡혀야 할 동해에서 제주도가 주산지였던 방어가 잡힌다거나, 전남의 벌교 펄에서 1년에 20,000톤씩 생산되던 꼬막이 요즈음은 3,500톤 정도만 생산된다거나, 한참 시끌벅적해야 할 강원도 화천의 산천어 축제장에 얼음이 얼지 않아 폐장되었다는 소식들이 그것을 반증한다. 이는 모두 지구온난화가 그 주범이다.

세계보건기구는 평균 기온이 1도씩 올라갈 때마다 감염병이 4.7% 늘어난다고 경고했다. 더워지는 날씨는 인간의 면역 체계를 약하게 하고, 우리 몸에 들어온 병원균은 인체에 맞게 진화를 거듭할 것이다. 앞으로 더워지는 날씨에 또 어떤 바이러스가 습격할지 모른다. 그때도 그저 과학만을 맹신할 것인지 묻고 싶다.

우리는 얼마나 더 겪어야 깨닫게 될까. 바로 지금 지구온난화의 경고는 우리 집 앞마당에서 벌어지고 있다. 지금은 땅속을 터전으로 삼는 동·식물이 꽁꽁 얼어붙은 땅속에서 잠을 자고 영양분을 저장해야 할 시기이다. 그런데 따뜻한 봄이라고 이상한 날씨가 거짓 손짓을 한다. 자연의 순리를 따르는 착한 동·식물들은 무슨 죄일까. 죄는 우리 인간이 저지르고 있는데도 벌은 엉뚱한 자연이 받고 있으니 어찌 용서를 받을 수 있을지 모르겠다.

잘

공원 단풍나무 아래가 부산스럽다. 나무둥치를 보호하기 위한 쇠구조물 사이로 개미들이 집을 여럿 지어 놨다. 그런데 개미굴 앞에서 실랑이가 한창이다. 노린재 사체를 두고 의견이 맞지 않아 상의 중인지, 아니면 다투는 중인지 여하튼 서로 끌고 가려 서너 마리가 안간힘을 쓴다. 어제는 태양이 북반구 한가운데서 내리쬔다는 하짓날이었다. '감자 환갑'이라 부르는 하지도 지나고 우리 앞에는 더위의 복병 '삼복'이 기다린다. 앉아만 있어도 땀이 차는 날이다. 그런데 개미들의 모습을 보고 있자니 더위도 잠깐 잊고 말았다. 제각기 할 일이 있는지 바쁘게 종종거리며 다닌다. 어디서 잡아 왔는지 제 몸만 한 작은 애벌레를 소중한 양식인 양 이고 가는 개미, 마른 나뭇잎을 이고 굴로 들어가는 개미, 참 열심히들 산다.

일찍이 개미 하면 부지런함과 성실함의 대명사라고도 하지 않왔던가. 그럼에도 불구하고 저 밑 개미굴 어딘가에는 상비군 격인 '노는 개미'가 있다니 참 아이러니한 일이다. 사회학자인 빌프레도 파레토(Vilfredo Pareto)는 일찍이 모든 개미가 일을 하는 것이 아니며 일정한 비율의 개미들은 일을 하지 않는다고 했다. 그것을 증명이라도 하듯 몇 년 전 일본의 연구팀에서 개미 집단에는 항상 20~30%의 일하지 않는 개미가 존재한다는 연구 결과를 내놓았다. 그런데 '노는 개미'가 비효율적인 것 같아도 사실은 집단 존속에 꼭 필요하다는 것이다. 만약, 일하는 개미가 동시에 일할 수 없게 된다면 알을 돌볼 개미가 사라져 그 집단에 멸망을 가져올 수도 있기 때문이다.

작은 개미의 생존법이 실로 놀랍기만 하다. 우리는 어려서부터 부지런해야 하며 열심히 살아야 한다는 생존법을 교육받는다. 그런데 무조건 일만 열심히 하는 것이 아니라 놀기도 해야 그 집단의 존속이 가능하다니. 무언가에 머리를 세게 얻어맞은 기분이다. 사실 따지고 보면 누구나 알 수 있는 일이기도 한데 이제야 개미의 생존법을 보고 깨닫다니 어리석기가 그지없다.

요즘 코로나19로 인해 재택근무를 시행하는 회사가 많다. 아마도 재택근무를 하는 회사원들 중에서는 집에서 근무를 한다는 생각에 마음의 여유를 얻고 일을 시작하는 사람도 있을 것이다. 하지만 코로나19가 장기화되면서 덩달아 재택근무 또한 길어지고 있는 상황이다. 우리 집 작은 딸아이도 그중 한 명이다. 그런데 요즘 딸아이에게 안부차 전화를 하면 목소리에 피곤함이 역력하다. 집에서 일을 하니 밤을 새는 날이 허다하다는 것이다. 출근을 했더라면 수당이라도 받지만 집에서 일을 하니 그럴 수도 없어 당연히 의욕도 떨어지고 몸도 안 아픈 곳이 없단다. 그도 그럴 것이 하루 종일 컴퓨터 앞에 앉아 바깥 공기도 쐬지 못하고 일을 하니 건강한 것이 더 이상할 일이다. 오늘은 당장 사표를 쓰고 싶다는 딸아이의 말에 그러라고 했다. 딸아이의 말이 빈말인 줄 알면서도 전화를 끊고 정말 사표를 내면 어쩌나 걱정을 하고 있다.

마르크스는 ≪자본론≫에서 노동 시간의 연장이 노동자를 위한 생활 수단의 가치 저하를 가져온다고 했다. 또한 이러한 노동 시간의 연장은 노사 계급 간의 투쟁을 불러올 수 있으며 자본주의의 미래 사회를 건설할 수 없다고 지적한다. 현대사회는 사실 열심히 사는 것보다 얼마나, 어떻게 '잘' 사느냐가 관건이다. 이제는 '열심히' 사는 시대는 지났다. 당장에 우리가 작은 미물이라 하는 개미의 생존 법칙만 보아도 그렇다. 종족의 생존을 위해 '놀' 줄 아는 개미야말로 진정 '잘' 사는 것의 표상이 아닐 수 없다.

내일은 찌물쿠는 날을 식혀 줄 장맛비가 내린다고 했다. 부디 이 비가 단비가 되어 어려운 시간을 지나고 있는 모든 이들에게 '잘' 견뎌 낼 수 있게 스며들길 바라본다.

노를 저었다

가을의 빛은 참으로 오묘하다. 노랗기도 하고, 누르스름하기도 하고, 붉기도 하고, 불그스름하기도 하고, 푸르기도 하고, 거무튀튀하기도 하고…. 표현하기도 힘든 색들로 가을은 자연을 물들이고 있는 중이다. 말로 자연의 색을 어찌 다 표현할 수 있을까. 그런데도 불구하고 묘하게 서로서로 조화가 잘된다. 아직 준비가 안 되었으면 어떻고, 예쁘게 물을 들였으면 어떨까. 자연은 그저 그렇게 세월의 흐름을 고스란히 받아들인다. 그것을 두고 예쁘네, 보기 흉하네 하고 평가하는 것은 어리석은 사람뿐이다.

가을의 한복판을 걸어 지인과 만났다. 먼 산들이 온통 만산홍엽으로 물들어 눈을 즐겁게 했다. 그 때문인지 우리는 달뜬 기분을 주체할 수 없어 수다의 톤을 한층 높이고 말았다. 지인은 가까운 곳에 동굴이 있다며 이끌었다. 그곳은 충주의 '활옥동굴'이었다.

1922년 일제 강점기에 개발된 국내 유일의 활석 광산이라고 했다. 활옥은 다른 말로 '곱돌'이라고도 부른다. 어린 시절 곱돌은 놀이를 위한 중요한 도구였다. 땅이나 벽에 줄을 긋거나, 그림을 그릴 때도 요긴하게 쓰였다. 폐광이 되어 오랫동안 방치된 이곳을 충주시가 개발하여 관광지로 만들어 놓았다. 동굴 안에는 녹을 잔뜩 뒤집어쓴 권양기가 관광객들에게 자신들의 지나간 영화를 보여 주고 있었다. 세월의 무상함은 그 무엇도 비껴가지 못한다.

동굴의 온도가 연중 11~15도로 유지된다고 하니 여름 피서지로 이만한 데도 없지 싶다. 한참 동안 동굴 이곳저곳을 둘러보다 우리가 도착한 곳은 암반수가 고여 만들어진 호수였다. 이곳을 기점으로 다시 되돌아 나가야 한다. 그곳에는 짧지만 카약을 타고 동굴 내부를 볼 수 있는 체험장이 있었다. 우리도 둘이 탈 수 있는 카약을 타게 되었다.

노를 젓는 사람이 뒤에 타야 한다기에 나이가 어린 내가 뒷자리에 앉았다. 처음에는 제법 잘 나아간다 생각했다. 하지만 방향잡기가 마음대로 되지 않았다. 양날의 노가 무겁지는 않지만 처음 저어 보아서 그런지 쉽지가 않다. 결국 우리의 배는 동굴 벽에 부딪혀 오도 가도 못하는 지경에 이르렀다. 할 수 없이 앞자리에 앉은 지인에게 노를 넘겨주었다. 물이 아닌 벽에 대고 노를 힘껏 미니 다시 방향을 잡게 되었다. 앞에서 노를 저으니 물방울이 내게 사정없이 튀었다. 그것도 모른 채 지인은 열심히 노를 젓는다. 우여곡절 끝에 우리는 출발점까지 되돌아올 수 있었다. 배에서 내려 보니 지인도 나도 옷 여기저기가 물에 젖어 축축했다.

여유롭게 배를 젓는 사람들을 보면서 아무것도 아니라고 생각했다. 어쩌면 작은 배라고 얕잡아 본 것도 우리가 곤욕을 치른 이유 중에 하나일 터이다. 그래도 오늘 서로에게 분명 큰 힘이 되고 있었다는 사실을 알게 되었다. 때로는 물이 튀어도, 방향이 엉뚱한 데로 가도 누군가 지켜 주는 사람이 있어 든든함을 채운 하루였다. 가을 산이 서로를 바라보며 물들 듯 우리도 서로를 바라보며 그렇게 물들어 가고 있다는 것을 확인한 하루였다.

겨울눈

눈처럼 하얗게 서리가 내렸다. 고요한 세상, 나무들도 생명이 끊어진 듯 눈을 감았다. 얼마 전까지 수북이 쌓여 있던 앞집의 고춧대도, 옆집의 깻단도 멀끔하게 치워져 빈 밭이 휑하다. 빈집인 뒷집에 우썩우썩 나고 자라던 풀들도 겨울이 되니 푸석한 모습으로 잠들었다. 콩새와 직박구리가 산수유 열매를 두고 자리다툼을 벌이던 소리도 이제는 들리지 않는다.

겨울은 이렇게 모든 생명들의 활동을 정지시켜 놓았다. 하지만 봄을 기다리는 소망까진 감추진 못하나 보다. 목련을 보면 알 수 있다. 다른 나무들은 움도 보이지 않거나 가까이 가야 겨우 겨울눈을 확인할 수 있다. 하지만 목련은 눈보라에도 끄떡없는 솜털로 무장한 채 겨울눈을 통통하게 키워 멀리서도 눈에 띈다. 따뜻한 봄이 오면 언제라도 피어날 기세다. 목련이 피면 우리는 달력을 보지 않아도 봄이 온 것을 안다.

계절을 모르고 시끄러운 건 사람뿐이다. 오히려 우리는 겨울이 오면 어딘가로 떠나고 싶어 난리다. 지금은 코로나19로 갈 수 있는 여행지가 많지 않지만 코로나 이전에는 공항마다 북새통을 이루던 계절이 겨울이었다. 3년 전 이때쯤 동유럽으로 여행을 다녀왔다. 동유럽은 우리나라와 날씨가 비슷해 여행 가방도 크고 무거웠다. 일주일이 넘는 일정이라 챙겨야 할 것도 많았다. 내가 일행의 총무인 것도 한몫했다. 세 부부의 여행은 그리 순탄하지만은 않았다. 패키지여행이었는데 경유하는 나라가 6곳이나 되었다. 매일 짐을 풀고 싸야 하는 일정이 너무 힘들었다. 나라와 나라를 이동하다 보니 버스에서 지내는 시간이 많았다. 여행 초반에는 모두가 새로운 세계를 접하고는 설레어 들떴다. 하지만 여행 일정의 중반이 넘어서부터는 모두가 지친 기색이 역력했다. 휴게소에 멈춘 차에서 귀찮아 내리기 싫어하는 사람도 생겨났다.

좋건 나쁘건 경험은 중요하다. 여행 경비가 싼 탓에 무리한 여행을 선택한 이유도 있었지만 많은 나라를 포함한 상품에 혹하지 않을 수 없었다. 하지만 이번 경험으로 많은 나라를 가는 게 좋은 것만은 아니라는 공부를 톡톡하게 한 셈이다. 한 나라를 가더라도 그 나라의 문화를 깊게 접하는 여행이 값지다는 사실도 알게 되었다. 물론 일정이 넉넉하다면 얘기는 달라진다. 지금 생각해 보아도 언뜻언뜻 떠오르는 장면들이 어느 나라였는지를 잘 모르겠다. 그래도 아직 잊히지 않는 장면들도 있다. 파란 하늘에 떠 있던 하얀 양

떼구름과 맑은 공기, 넓은 들녘에 쌓여 있던 빈 노적가리들, 캄캄한 밤, 달리던 버스 창밖으로 보이던 불빛들, 그것은 마치 반딧불이를 생각나게 했다. 우리나라의 농가는 늦은 시간까지 켜 놓는 불빛과 가로등으로 인해 마을이 훤하다. 하지만 동유럽의 농가는 마을을 이루는 집보다는 외따로 있는 집들이 많았다. 한참을 달려야 어쩌다 나오는 희미한 불빛을 보고는 마을이라는 것을 알았다. 그리 깊은 밤이 아니었는데도 창밖이 깜깜했다. 동유럽 하늘의 색과 공기가 왜 그렇게 맑고 깨끗한지를 알게 된 순간이었다.

오늘도 방송에서는 미세먼지 수준이 나쁨이라며 야외활동을 자제하라고 한다. 열심히 사는 것은 중요하다. 하지만 조금은 걸음을 늦추고 고요를 즐기는 것도 나쁘진 않을 듯싶다. 나무가 한 계절 눈을 감고 죽은 듯이 숨을 고르는 이유를 우리는 눈여겨보아야 한다. 봄과 여름 그리고 가을을 열심히 살아냈으니 한 계절은 쉬어도 된다고 덜 열심히 살아도 된다고 우리 자신을 토닥여 보면 어떨까. 그리고 조용하고도 거룩한 시간을 만들어 보자.

동유럽 어느 외딴집에서 떠듬떠듬 밝히던 불빛을 생각한다. 그리고 조용히 몸을 키우는 목련의 겨울눈을 본다. 숨 고르기다. 그것은 분명 마음을 통통하게 살찌우는 시간이 되리라.

5

바다에 눈이 내리면

소유의 집

마당이 있는 집은 들풀과의 씨름으로 봄을 맞이하는 듯하다. 겨울이 끝나기 전부터 서둘러 나온 정원의 복수초 옆에 들풀들이 슬그머니 고개를 내밀고 있었고, 마당 곳곳의 돌 틈에도 실하지 않은 들풀들이 바짝 엎드려 숨을 고르고 있었던 것을 모르는 바 아니다. 봄볕을 쐬어서인가 이제는 마당 여기저기에 바랭이와 돌나물, 민들레, 씀바귀, 광대나물, 망초가 엄지손가락 반절만큼이나 버젓이 올라왔다. 어디서 날아왔을까. 들녘이라면 뜯어먹기라도 하겠지만 그럴 수도 없다. 드나드는 사람들의 발길에 밟히기도 했거니와 집을 지키는 문지기인 두 마리 견공들의 털 때문에도 먹기는 힘들다.

지난겨울은 지독하게도 추웠다. 들풀은 땅속에 씨앗 하나 묻어 놓고 봄이 오기를 얼마나 기다렸을까. 그 바람을 알기라도 한 듯 봄볕에 저리도 우르르 키를 키우고 있으니 흐뭇하다 하겠다. 하지만 그 기쁨도 오래가지는 못하리라. 이미 내 손에는 호미가 들려 있으니. 마당이 있는 집 주인은 겨울에도 호미를 쥐고 살아야 한다고 마을의 어르신이 예전에 해주신 말씀이 생각난다. 그래도 지난 겨울이 지독하게 추웠던 탓에 풀도 보이지 않아 호미를 좀 늦게 쥔 셈이니 다행이라고 해야 할까?

사방이 트여 있는 단독 주택인 우리 집은 강아지와 길고양이들의 안식처라고 해도 과언이 아니다. 작년 봄, 짙은 회색빛 바탕에 검은 줄무늬를 가진 새끼 고양이 한 마리가 어느 날 밤 문득 들어와 정착을 했다. 그래서 이름을 '밤이'라고 지어 줬다. 그리고 몇 달 뒤 10월의 어느 가을밤 외식을 하고 오던 우리 부부를 따라 새끼 고양이 두 마리가 우리 집으로 들어와서는 눌러앉았다. 한 마리는 검은색 바탕에 발목과 콧잔등이 하얀색으로 덮여 있어 곰을 닮았고, 한 마리는 호랑이 무늬를 한 녀석이었다. 그래서 이름을 '곰이'와 '랑이'로 지어 주었다.

그때 만약 그 녀석들에게 밥을 챙겨 주지 않았더라면 이렇게 아프지는 않았을까? 세 녀석은 우연찮게도 모두 수놈이었다. 덩치가 커진 '밤이'가 올봄 발정이 났는지 다른 고양이들과 싸움을 하는 날이 잦았고 다쳐서 들어오는 날도 많았다. 다치는 것도 걱정이 되고 멀리 나가 며칠을 들어오지 않는 것도 불안해 세 녀석 모두 중성화 수술을 시키기로 했다. 그것이 사단이 될 줄이야. 후회한들 무슨 소용이 있을까. 성격이 순한 '곰이'와 '랑이'는 순조롭게 중성화 수술에 성공을 했다. 그런데 덩치도 크고 겁도 많은 '밤이'를 그만 병원 앞에서 놓쳤다. 하필 이곳이 아닌 다른 지역에 있는 동물 병원이었기에 충격이 컸다. 며칠 뒤 찾았지만 '밤이'는 그새 길고양이가 되어 암고양이를 따라 내 앞에서 보란 듯 사라졌다. 그렇게 '밤이'를 잃고 이틀 뒤 '곰이'마저 '범백'이라는 고양이 바이러스로 잃고 말았다.

내 것이라고 생각했다. 그래서 아껴 주고 보살펴 주었다. 멀리 가지 못하게, 싸우지 못하게, 눈앞에서 사라지지 못하게 중성화 수술을 해주었다. 이런 생각과 행동들이 옳은 것이었을까. 며칠을 잠도 못 자고 밥도 제대로 먹지 못했다. 그런데 지금 생각해 보니 그것 또한 집착이 아니었을까 하는 생각이 든다.

법정 스님의 〈무소유〉라는 글 속 문구가 떠오른다. "필요에 따라 가졌던 것이 도리어 우리를 부자유하게 얽어맨다고 할 때 주객이 전도되어 우리는 가짐을 당하게 된다." 결국 고양이의 마음을 가진 게 아니라 마음을 고양이에게 빼앗긴 것이다. 이렇게 어리석을 수가 없다. 사실 따지고 보면 내 것이 될 수 없었다. 소유욕이 나를 아프게 한 것이었다.

소유의 집이 얼마나 튼튼하고 컸었는지를 알 수 있었던 며칠이었다. 이제부터라도 '가짐'을 당하지 않도록 마음의 울타리를 활짝 열고 살아야겠다. 더불어 혹여 바람에 들풀 씨앗이 날아와 마당에 널브러지더라도 가끔은 눈 질끈 감아 주는 아량도 키우리라.

신의 선물

우연히 보았다. 채널을 돌리다 본 방송에서다. EBS에서 방영 중인 유아 대상의 프로그램이었다. 꿈에 대한 이야기를 나누고 있었다. 그리고 '꿈은 왜 꾸는 것일까?'라는 질문에 대한 여러 아이들의 인터뷰도 나왔다. 어떤 아이는 낮에 놀지 못한 걸 꿈속에서 이루기 위해서, 또 다른 아이는 가고 싶은 곳을 마음껏 가기 위해서 꿈을 꾸는 것 같다며 자신들의 생각을 말한다. 해맑은 아이들의 모습을 보고 있자니 저절로 미소가 지어졌다. 가만 생각해 보면 나도 꿈을 자주 꾸는 편이다. 대개의 꿈들은 잘 기억나지 않지만 자고 일어나서도 생생한 꿈들이 더러 있다.

왠지 그런 꿈을 꾸고 나면 마음이 싱숭생숭하다. 좋은 꿈을 꾸든 나쁜 꿈을 꾸든. 돌아가신 친정어머니도 그랬다. 어느 날 친정어머니가 다급하게 전화를 하셨다. "○○아범 오늘 운전 조심히 하라고 해라. 꿈자리가 뒤숭숭하니….” 그날은 마음이 뒤숭숭했다. 모전여전이라고 어머니를 닮았는지 나쁜 꿈을 꾸게 되면 여지없이 아이들에게 전화를 걸어 당부를 하게 된다.

그런데 꿈이 들어맞은 날이 있었다. 꿈에서 너무 크지도 않고 작지도 않은 통통한 돼지 두 마리가 손가락을 무는 바람에 소리를 지르며 깨어났다. 다음 날 꿈이 너무도 생생하여 인터넷으로 해몽을 찾아보았다. ‘재물이나 행운을 가져오는 꿈이니 복권을 사라’는 꿈 풀이가 나왔다. 아침을 먹으며 남편에게 말했더니 자신에게 팔라며 1,000원을 주었다. 며칠 후 복권 발표일에 남편과 부푼 꿈을 안고 번호를 맞춰 보았다. 매주 복권을 사는 남편은 내 꿈을 사고 복권을 두 배나 더 샀던 모양이다. 하지만 한 장 한 장 아무리 맞춰 봐도 끝내 1등은 없고 5,000원짜리 한 장만 당첨되었다. 사실 남편에게 꿈을 판 일이 이번이 처음은 아니었다. 예전에도 화장실에서 분뇨가 넘치는 꿈을 꾸고 남편에게 팔았다. 물론 그때도 남편은 복권을 샀지만 한 장도 당첨이 된 게 없었다. 그렇게 이번에도 꿈은 ‘개꿈’이 되어 잊히게 되었다.

‘개꿈’을 꾸고 한 달쯤 지난 어느 날이었다. 검정고시 강의를 하는 센터에서 며칠 간격으로 두 개의 상을 수상하게 되었다는 소식을 받았다. 잊고 있던 그 ‘개꿈’이 ‘돼지꿈’으로 바뀌는 순간이었다. 꿈속에서 보았던 통통했던 돼지들의 모습이 다시 살아 달려오는 듯했다. 상을 바라고 한 일은 아니었지만 그래도 인정을 받았다는 생각에 뿌듯했던 기억이 지금도 생생하다.

방송에서는 꿈을 왜 꾸는지는 아직 과학적으로 밝혀지지 않았지만 바빌로니아 사람들은 좋은 꿈을 '신의 선물'이라고 불렀다는 전문가의 말을 끝으로 인터뷰를 마쳤다. 사실 사람들이 꿈을 꾸거나 꾸지 않는 것은 억지로 할 수 없는 영역이니 당연히 과학적으로 밝혀지기란 쉽지 않아 보인다. 그럼에도 많은 학자들이 꿈에 대한 여러 가지 이론을 주장한다. 오스트리아의 신경 학자이자 정신분석학의 창시자인 지그문트 프로이트는 ≪꿈의 해석≫이란 책에서 "우리는 바람을 이루기 위해 꿈을 꾼다."라고 밝혔다. 하긴 나도 돌아가신 부모님이 보고 싶을 때마다 꿈속에서라도 만나 뵈었으면 하고 소원을 하는 걸 보면 그 말이 영 생뚱맞아 보이진 않는다. 하지만 여전히 꿈이 '신의 선물'인지는 잘 모르겠다. 나이가 들면서 악몽을 꾸는 때가 더 많다. 화장실 꿈을 꾸었을 때도, 돼지꿈을 꾸었을 때도 너무 무서워 소리를 지르며 꿈에서 깨어났다. 물론 더러는 행복한 꿈도 꾼다. 하지만 이상하게도 그렇게 행복했던 꿈들은 깨고 나면 생각이 잘 나지 않았다. 그러고 보니 생생하게 기억이 나는 꿈들은 대개 악몽이었다.

생각이 많아지고 걱정이 많아졌다는 것은 나이가 들었다는 뜻일 게다. 기억은 잘 나지 않지만 초등학교 시절에는 소풍 전날에 분명 설레어 행복한 꿈을 꾸곤 했을 것이다. 많았건 적었건 '신의 선물'을 받았으면서도 부정을 하고 있다니 참 어리석기 그지없다. 그러니 신이 선물을 줄 리 있을까. 얼마나 더 세월이 지나야 바빌로니아인들처럼 꿈이 '신의 선물'이라고, 작은 것에도 감사할 줄 아는 사람으로 거듭난단 말인가.

복종할 권리

분위기가 심상치 않다. 서로를 견제하는 손이 일촉즉발이다. 남편은 한번 만져 보자고, 먹구는 어디 건드리기만 해보라고, 팽팽한 신경전이다. 먹구는 올해 5살 암컷 고양이다. 물론 중성화 수술은 했다. 한쪽 눈은 실명이고 청력도 상실했다. 그러다 보니 예민한 성격이 이만저만이 아니다.

태어난 지 두 달쯤 되었을 때였지 싶다. 비가 억수같이 쏟아지던 어느 날 어미 길고양이가 우리 집 발코니에 아기 고양이를 버리고 갔다. 살 가망이 없으니 아마도 어미가 포기를 했을 것이다. 작은 딸아이와 함께 아기 고양이를 안고 동물 병원으로 달렸다. 머리가 온통 고름으로 범벅이 된 아기 고양이를 보자 수의사는 바로 응급처치에 들어갔다. 한쪽 눈은 적출을 하고, 머리 위로 부풀어 있던 고름은 짜내고 약을 발라 주었다. 수의사는 살 수 있을지 모르겠다며 처방약을 건네주고는 걱정의 눈길을 보냈다.

하지만 먹구는 다행히도 건강한 고양이로 이때껏 잘 산다. 물론 장애를 안고 있어 모든 것이 불편할 수도 있으나 우리가 보기에는 우리 집 상전 노릇을 톡톡히 하고 있는 중이다. 먹구를 만지고 쓰다듬어 줄 수 있는 사람은 딱 두 사람이다. 나와 작은딸뿐. 자신을 살려 준 사람들은 어찌 그리도 잘 아는지 영민하기가 그지없다.

하지만 남편은 불만이 이만저만이 아니다. 그 오랜 세월 함께 지냈으니 이제는 선뜻 몸을 내주고 만져 주게 해야 하지 않겠냐는 것이다. 하기야 반질반질 윤이 흐르는 먹구의 털은 우리 집을 방문한 사람이라면 누구라도 한 번쯤 만져 보고 싶어 한다. 그러니 남편의 원성도 틀린 말은 아니다. 어느 날은 곤히 자고 있는 먹구를 만져 볼 양으로 남편이 고개를 딴 곳으로 돌리고 슬그머니 먹구 등을 더듬었다. 그 순간 섬광 같은 속도로 먹구의 발이 남편을 후려치는 것이 아닌가. 남편은 꽤나 놀란 듯했다. 안 되겠다 싶었던지 어디서 효자손을 가져와서는 먹구 앞에 들이밀었다. 위협이라도 해서 굴복을 시키겠다는 모양이었다.

그러면 안 된다는 만류에도 남편은 강하게 보여야 자신에게 복종을 할 것이라며 먹구를 향해 눈을 부라렸다. 하지만 어디 먹구가 질쏜가. “크악크악” 소리와 함께 온몸의 털을 부풀리고는 공격 태세다. 그 모습에 겁을 먹은 건 되레 남편이었다. 그럼에도 여전히 남편은 먹구를 만져 보려 애를 쓴다. 그러거나 말거나 먹구 또한 한 치의 양보도 없으니 곁에서 보는 나만 하루하루가 살얼음판이다.

남편에게 먹구가 '복종'하기를 바라지 말고, 서로를 인정해 주는 '공존'의 방법을 찾으면 안 되냐고 했다. 그러자 남편은 사료도 대주고, 무엇보다 우리가 키워 주고 보살펴 주는 것이니 복종을 시켜야 하는 것은 당연하다고 말한다. 이런 말도 안 되는 논리가 어디 있단 말인가. 아무리 작은 동물이라지만 먹구만큼 똑똑한 아이는 없다고 생각한다. 집 안을 어지르는 법도 없다. 눈이 잘 안 보이니 높은 곳에도 올라가지 않는다. 그리고 먹구를 잘 관찰해 보면 먹구의 모든 행동은 생존의 전략임을 알 수 있다. 들을 수도 없고 잘 보이지도 않으니 확실하게 안전한 사람에게만 다가가는 것이다.

우리가 미물이라고 여기는 동물인 먹구도 저렇듯 의견이 명확한데 하물며 사람은 어떠할까. 약자의 의견을 들어주고 상대방의 말에 귀 기울여 주는 세상이었으면 좋겠다. 순종하고 복종할 권리는 그 누구에게도 없다. 서로의 다름을 인정하고 더 나은 세상을 위해 노력하는 사람들이 많아진다면 분명 우리의 앞날에 희망이 넘치는 사회가 찾아오리라 본다. 누군가 봄은 고양이라고 했다. 털은 더욱더 부드러워지고, 짝을 찾는 사랑의 세레나데로 발걸음은 점점 분주해지고 시끄러워질 것이다. 모든 생명의 시작점, 부디 먹구와 남편에게도 따뜻한 이 봄이 화해의 계절이 되기를 바라 본다.

밤길

진하지도 않으면서 은은하게 퍼지는 이팝나무 꽃 향에 어두운 밤길이 안온하다. 남편은 저녁을 먹고 느지막한 시간에 걷기 운동을 한다. 오랜만에 남편을 따라나섰다. 드문드문 보이는 금슬 좋은 청둥오리와 외로운 사냥꾼 왜가리만이 검은 개천에서 유유자적한다.

천변을 형형색색 물들이던 영산홍과 벚꽃도 어느새 지고 초록의 식물들만이 키를 키우고 있는 중이다. 아직은 풀벌레 소리가 들리지 않아서일까. 개천을 흐르는 물소리에 온 정신이 쏠리게 되었다. 그동안 수없이 오가던 개천이었는데 물소리가 이리도 다르게 들리다니 놀랍기만 하다. 물소리는 구간마다 그 소리가 다르게 들려왔다.

물소리가 조용하면서도 부드럽게 흐르는 구간은 개천 바닥도 평평하고 돌들도 자잘했다. 그런데 조금 큰 돌들로 턱을 만들어 놓은 곳에서는 물소리가 힘차게 들렸다. 돌 틈을 빠져나오려 소리를 지르는 듯하다. 그렇게 돌 틈을 빠져나온 물들은 여울을 만들었다. 남편은 내가 딴생각에 정신이 팔린 줄도 모르고 열심히 걷기 운동에 열중이다. 남편을 따라가랴 개천 속을 들여다보랴 뛰다 걷다를 하다 보니 어느새 복개천 지하 터널 구간이다.

귀가 먹먹할 정도로 시끄럽기 시작했다. 바닥이 평평한 콘크리트임에도 물소리가 터널 밖보다 몇십 배는 시끄러웠다. 그리 높지도 않은 둔덕이 있는 곳에 다다르니 깊은 산속의 폭포수처럼 우렁찼다. 그렇다고 시원하게 들리는 소리는 아니다. 오히려 탁한 소리가 섞였다. 그 소리가 마치 비명처럼 들려왔다. 밖으로 빠져나가지 못한 물들의 비명, 소리는 벽에 부딪히고 또 부딪힐 뿐이다. 발걸음이 빨라진다. 어서 이곳을 벗어나야 한다는 생각만이 가득했다.

터널 끝에서 뒤를 돌아보았다. 신기한 일이다. 지하 터널 안, 사람들이 다니는 길에는 보안등과, cctv도 있다. 하지만 개천을 사이에 둔 맞은편 공간은 컴컴해서 한때 우범지대로 여기던 곳이었다. 그곳의 벽면에는 누군가 빨간색으로 알 수 없는 그림들을 그려 놓았다. 어쩌면 그 그림으로 인해 어두운 건너편에 대한 공포가 더 커졌을지도 모르겠다. 가끔씩 따라 나가는 밤 운동에서 지하 터널을 걸을 때면 남편의 옆에 바짝 붙어 걷곤 했다. 그런데 오늘은 건너편의 어두움을 생각지도 않았다. 우렁찬 물소리가 어둠의 공포까지 몰아낸 셈이었다.

터널 밖은 다른 세상인 듯 평화롭기만 하다. 졸졸졸 흐르는 물소리를 따라 걷다 보니 길가에 핀 조그맣고 노란 애기똥풀이 보였다. 물론 밤이라 샛노란 애기똥풀의 색은 아니지만 그래도 여전히 앙증맞은 모습으로 머리를 살랑살랑 흔든다. 개천을 비추는 주홍빛 가로등 조명이 물 위에서 은은하게 일렁인다. 개천의 물들이 주홍빛 실루엣을 걸치고 왈츠를 추는 듯 조용하면서도 우아하게 리듬을 탄다.

되돌아가는 길, 인적이 드문 길을 남편과 천천히 숨을 고르며 걷는다. 남편은 조용히 걸으라며 신호를 보낸다. 영문도 모른 채 발소리를 죽이며 걷는데 그때 길갓집에 매여 있던 개가 요란스레 짖기 시작했다. 점점 멀어지는 개 짖는 소리를 뒤로하고 우리는 어느새 이팝나무가 줄지어 서 있는 길을 걷고 있는 중이다.

이팝나무 아래에 섰다. 담쏙 이팝나무 꽃을 쥐어 보았다. 향긋한 냄새가 밴 손을 남편의 얼굴에 들이밀었다. 꽃에 관심이 없던 남편도 이팝나무 꽃 향은 싫지 않은 모양이다. 밤길이 이리도 따뜻할 수가 없다. 밤길, 혼자 걸으면 무서운 길이다. 하지만 든든하게 힘이 되어 주는 사람이 함께 있다면 무서운 그 밤길도 우리가 알지 못하는 선물 같은 길이 될 수 있지 않을까.

더 늦기 전에

갓 돌 지난 큰 딸아이를 데리고 이곳으로 이사를 온 것은 30년 전쯤이었다. 처음으로 집을 장만한 터라 그때 시세로는 꽤 비싼 값에 구입을 했음에도 우리 부부는 사뭇 달뜨기만 했다. 집의 외양은 불란서 집이라고 해서 당시에는 꽤나 그럴듯해 보이는 집이었다. 하지만 겉 다르고 속 다르다는 말이 사람에게만 해당되지는 않는다는 것을 그때 알았다. 우리가 파란 뾰족지붕 집으로 이사를 온 것은 봄이 막 끝나 갈 무렵이었다. 그해 여름엔 집 안이 얼마나 더운지 선풍기를 달고 살아야 했고, 겨울에는 방에 떠다 놓은 물이 얼 정도로 웃풍이 세 난방비가 얼마나 많이 들었는지 모른다.

그때 우리 집은 별채가 두 개나 되었다. 들어오는 마당에 한 채, 본채 옆에 길고 좁은 한 채가 더 있었다. 별채에는 우리가 집을 사기 전부터 세를 들어 살고 있는 사람들이다. 마당에 있던 별채는 연세가 지긋한 할머니와 직장에 다니는 2명의 손녀가 살고 있었고, 본채 옆에는 20대의 젊은 남매가 살았다.

이사를 온 지 두 해 지나 작은 딸아이가, 3년 뒤에는 막내아들이 태어났다. 우리 아이들은 세 들어 사는 사람들에게 가족 그 이상으로 귀여움을 받았다. 특히 본채 옆에 세 들어 살던 남매의 방에 우리아이들은 수시로 들락날락했다. 그래서 그런지 나도 그들을 친동생처럼 대해 주었다.

누나와 남동생이었던 남매는 성격이 참 좋았다. 누나는 나와 나이 차가 많이 나지 않았고 남동생은 이제 막 고등학교를 마친 상태였다. 하루는 남동생이 우리 집으로 빗자루를 빌리러 왔다. 쑥스러운지 입을 가리고 작은 소리로 웃고 있는 모습에 나도 모르게 남자가 왜 목소리를 그렇게 내며 입은 왜 가리고 웃느냐고 호통을 치고 말았다. 그런데 돌이켜보니 그 사람에게 얼마나 큰 상처였을까 하는 생각이 든다. 그때는 동생 같은 마음에 충고를 했을 것이다. 다섯 해 정도 우리 집에서 세 들어 살던 남매는 누나가 청주로 직장을 잡는 바람에 다시는 만날 수 없었다. 그리고 10년 전 우리도 예전의 그 집들을 다 헐고 새롭게 본채 하나만 짓고 산다.

세상에는 이런저런 사람들이 산다. 그런데 우리는 꼭 사람이 남자 아니면 여자여야 한다고 생각을 한다. 양성평등이 이루어져야 한다고, 차별이 없는 사회가 되어야 한다고 지금 이 순간에도 부르짖는다. 하지만 정작 사회로부터 차별을 받는 사람들은 그런 말조차 함부로 뱉지 못한다. 남자도 아닌, 그렇다고 여자도 아닌 그저 사람으로 보아 주길 바라는 사람들이 있다. 평범함이 얼마나 소중한지 사람들은 알지 못한다. '마지막 용기', 얼마 전 남자도 여자도 아닌 그저 한 사람이길 바랐던 변희수 하사가 남긴 말이 가슴에 박힌다. 스스로 삶을 마감하는 것이 얼마나 힘들었을까. 그것이 마지막 용기가 되기까지 우리 사회는 무엇을 했을까. 그저 오롯한 한 사람이길 바라는 또 다른 '변희수 하사'들을 위해 우리가 해야 할 일이 무엇인지 고민해야 한다. 더 늦기 전에….

길을 가다 문득

온종일 비가 올 듯 말 듯 애를 태웠다. 이제는 비가 내릴 만도 한데 하늘은 다시 꿩 구워 먹은 소식이다. 아침에 마당을 나오니 풀들이 물기를 머금고 있어 새벽에 비가 왔나 하여 반가운 마음에 "밤새 비가 왔나 보네."라며 혼자 소리를 냈다. 그때 마침 고추밭에서 풀을 뽑고 계시던 앞집 할머니가 내 소리를 들으셨는지 새벽녘에 내린 비는 병아리 오줌만도 못하다며 혀를 끌끌 차셨다. 농작물을 심어 놓고 애면글면, 말라 죽지 않을까 밭을 서성이는 할머니를 보고는 하늘을 올려다보았다. 예전 같으면 비가 오든 말든, 농작물이 비들비들 말라 가든 말든 신경도 쓰지 않았다. 그런데 요즘은 주위에서 일어나는 사소한 일들이 그냥 쉬이 넘겨지지가 않는다.

나이가 들어가고 있다는 방증은 아닐까. 논어에서 이르길 인생에 경륜이 쌓이고 사려와 판단이 성숙하여 남의 말을 순순히 받아들일 수 있어 이순(耳順)이라고 했다. 세 해만 지나면 이순이다. 과연 그 말이 틀리지는 않은 듯하다. 물론 사려와 판단이 성숙하다는 말은 아니다. 단지 남의 말을 순순히 잘 받아들이는 것은 맞는 듯하다. 예전에는 누군가로부터 충고나 안 좋은 소리를 듣게 되면 파르르하여 반박을 하곤 했다. 그런데 요즘은 그것도 관심인 듯해 감사하게 여기게 된다. 어쩌면 예전처럼 반박을 하지 못하는 이면에는 번거로움이 싫고 말씨름에서 이길 자신도 없기 때문이라는 이유가 숨어 있을지도 모른다.

한편으로는 나이가 들면서 과감해진 면도 있다. 덕분에 혼자서도 거리낌이 없이 하는 일들이 점점 많아졌다. 얼마 전에는 친구의 어머니가 돌아가셨다는 부고 문자를 받았다. 그리 가깝게 지내던 친구는 아니었지만 왠지 찾아가 위로를 해주고 싶었다. 예전처럼 같이 갈 친구를 수소문하지도 않았다. 하지만 이번에는 그러지 않았다. 장례식장에서 혼자 조문을 한 게 처음이었다. 항상 누군가와 함께 휩쓸려 다녀오곤 했던 곳이었다. 장례식장은 평일 점심시간을 조금 넘긴 시간이라 그런지 한산했다. 조문을 하고 혼자 자리에 앉아 있으니 밖에서 일을 보던 친구가 왔다. 혼자 왔냐고 묻는 친구의 얼굴에 조금은 의아하다는 빛이 역력했다.

또 몇 해 전부터 혼자 하는 여행도 즐긴다. 누군가와 함께하는 여행보다 혼자 가는 여행에서 매번 만족감이 배가 되는 경험을 한다. 젊었을 때는 감히 생각지도 못했던 일들이었다. 그러고 보면 나이가 든다는 것은 점점 혼자가 되고 가벼워지기 위해 한 계단 한 계단 내려가는 일이라는 생각이 든다. 또한 자신에게 지워진 짐의 무게가 점점 가벼워지는 일이기도 하다. 그러고 보면 나이가 든다는 것은 그리 서러워할 일도 안타까워할 일도 아니다. 문득 피천득 선생의 〈오월〉이라는 글이 생각이 난다.

"내 나이를 세어 무엇 하리. 나는 오월 속에 있다. 연한 녹색은 나날이 번져가고 있다. 어느덧 짙어지고 말 것이다. 머문 듯 가는 것이 세월인 것을. 유월이 되면 '원숙한 여인'같이 녹음이 우거지리라. 그리고 태양은 정열을 퍼붓기 시작할 것이다. 밝고 맑은 순결한 오월은 지금 가고 있다."

오늘이 마침 '오월', 오늘이 지나면 내일은 마침 '유월'이다. 피천득 선생 말처럼 밝고 맑은 순결한 오월이 가고 원숙한 여인 같은 유월을 맞이하게 될 것을 굳이 나이를 생각할 이유가 무어란 말인가. 어쨌거나 지금은 오월, 내 푸른 청춘을 불태웠던 시절은 가고 태양빛에 곱게 익어 갈 유월이 앞에 있는데 무엇이 두려울까. 설령 낙엽이 지는 가을이 오고 겨울이 온다 해도 온몸으로 기꺼이 받아주면 그만인 것을 나이를 센들 무슨 소용이란 말인가.

관계의 덫

참으로 이상한 일이다. 멀어지면 불안하고 너무 가까이 다가오면 부담스럽다. 이상적인 관계란 적당한 거리를 유지하는 것이라는데 그게 어디 말처럼 쉬운 일일까. 귀가 얇은 것인지 아니면 마음이 약한 것인지 곧잘 관계에 빠져 허우적거릴 때가 많다. 그것은 사람뿐만 아니라 생명이 있는 모든 것이 포함된다.

봄만 되면 화훼 시장을 들락날락한다. 이제는 그러한 행동이 습관이 되고 말았다. 아침에 일어나면 밥을 준비하기 전에 마당을 둘러본다. 화단에서 일어나는 작은 움직임을 제일 먼저 목도하고 싶은 마음에서인지는 모르겠으나 이제는 자연스럽다. 며칠 전에도 화단을 둘러보니 튤립과 수선화가 뾰족뾰족 잎을 땅 위로 내밀었다. 그런데 작년에 분명 빈 곳이 없게 채워서 심은 것 같은데 올해도 어김없이 여기저기 틈이 보였다. 사람도 그렇지만 화초야말로 무리를 지어 피어 있는 것이 더 탐스럽고 보기가 좋다.

그렇게 시장에서 사다 심은 꽃과 나무들은 봄부터 가을까지 꽃이 피고 지고, 푸른 잎들로 싱그럽다. 하지만 전문가가 아니다 보니 꽃과 나무의 위치가 제각각이어서 정돈된 맛은 없다. 게다가 가까운 야산에서 캐다 심은 야생화들의 번식력이 얼마나 대단한지 화단을 벗어나 사람이 드나드는 마당 곳곳에까지 씨가 날아와 자리를 잡은 녀석이 많다. 남편은 왜 뽑아내지 않느냐고 성화지만 차마 뽑아 버릴 수가 없어 화단 가까운 곳으로 자리를 옮겨 준다. 그러니 여름이면 우리 집 화단 안팎에서는 식물들의 자리다툼이 치열할 수밖에 없다.

그렇게 식물들에게는 한없이 정을 주고 끊지도 못하지만, 사람과의 관계에서는 어느 정도 맺고 끊는 것을 잘하는 편이다. 그것은 그동안 사람과의 관계를 거치며 알게 된 답습의 결과다. 우리는 겉모습을 통해 그 사람을 평가하곤 한다. 물론 처음 대면하는 사람을 제대로 알기란 어려운 것이 당연하다. 설령 그렇다 하더라도 섣불리 상대방에 대해 이렇다 저렇다 평가해서는 안 된다. 사실 남편과 맞선을 보고 끌렸던 이유는 따뜻한 인상 때문이었다. 하지만 결혼을 하고 난 후 알게 된 남편은 참 벅찬 사람이었다. 물론 남편도 자신이 생각했던 착하고 순종적인 여인이 아니라는 사실에 실망을 했을 터이다. 그러니 우리의 결혼 생활이 어떠했을까. 지금 생각해도 신혼 시절은 행복했던 순간보다 남편을 비롯한 시부모님과의 관계에 버겁고 힘들었던 날들이 더 많았다.

그렇게 모난 돌 같았던 우리 부부도 어느덧 결혼한 지 서른 해를 훌쩍 넘겼다. 이제는 서로에게 무던해졌다고 해야 할까. 굽이굽이 굴곡도 많았고, 세찬 파도를 만나는 순간도 많아서 이제는 둥글둥글 서로에 대한 이해로 살아가는 듯하다. 만약 우리가 처음부터 사이가 좋았다면 어땠을까. 이상하게도 사람의 관계는 항상 좋을 수만은 없다. 싫었다가도 좋고, 좋다가도 어느 순간 싫어지게 된다. 그런데 관계가 지속되는 것은 갈등을 어떻게 해결하느냐에 달렸다. 부부의 관계가 지속되는 데는 자식들이 한몫을 하게 된다. 자식은 부부가 지켜 주어야 할 책임과 의무이기 때문이다.

하지만 타인의 관계에서는 지켜야 하는 책임도 의무도 없으니 관계를 지속하는 일이 요원할 수밖에 없다. 그래서인지 그동안 자의 반 타의 반으로 관계를 끊은 사람들이 더러 있다. 그런 경우 가만히 생각해 보면 아마도 서로에 대한 신뢰가 없었기 때문이란 생각이 든다. 결국 관계란 자신이 뽑아내는 실 속에 갇히는 것이다. 관계의 덫, 언제쯤이면 자유로울 수가 있을까. 그 해답은 어쩌면 이 세상 소풍이 끝나는 날 자연스레 풀리지 않을까 싶다.

'잘'이 문제다

철모르는 꽃잔디 한 줄기에서 꽃이 피어났다. 핀 꽃이 세 송이, 뒤이어 피어날 꽃들도 대여섯 송이, 여차하면 피어날 태세다. 뉴스에서는 며칠 후에 많은 눈이 내릴 수도 있다고 하는데 아는지 모르는지 오종종 차례를 기다리는 모습이 안쓰럽기만 하다. 하기는 피어나는 데 이유가 있을까. 온도가 맞고 필 차례가 되었을 때 피어나면 되는 것을 다른 누군가와 같아야 한다는 것도 우습기는 하다. 정작 자신부터가 다른 이들과 맞지 않는 습성에 곤란할 때가 한두 번이 아니었으면서도 꽃잔디의 모습을 두고 불쌍하다 안쓰럽다 하니 기가 찰 노릇이다.

나는 식성이 까다롭다. 까다롭다는 것도 사실 다른 사람들이 하는 말이다. 육식보다는 채식을 즐겨 하는 편이다. 친정엄마의 영향 때문인지 육식을 잘 못 한다. '잘', 이 말이 사실 문제다. 육식을 아예 못 한다면야 사람들에게 "저는 고기를 아예 못 먹어요."라고 할 테지만 그도 아니다. 먹는 고기가 몇 가지 있기는 하다. 예를 들어 돼지고기에서는 갈비구이, 삼겹살, 돈가스를 먹는다. 소고기는 얼마 전부터 겨우 먹기 시작했는데, 구이와 쌈에 싸 먹는 샤부샤부 정도다. 그래도 여전히 먹지 못하는 고기가 있는데, 그것은 날개가 달린 닭고기와 오리고기 같은 종류다. 냄새만 맡아도 속이 울렁거려 시도를 해볼 용기가 나지 않는다. 어쨌거나 돼지고기든 소고기든 일단 물과 함께 양념이 된 고기는 먹기가 힘들다. 상추에 싸서 먹는다면 모를까 고기만을 먹는다는 일은 요원하기만 하다. 물론 생선도 '잘' 먹지를 못하는데 그래도 황태, 명태, 멸치는 제법 '잘', 맛있게 먹는다.

아이러니한 모습을 보일 때가 또 있다. 가축의 살생을 싫어하여 운전을 하다가도 도축장으로 실려 가는 소, 돼지, 닭을 보면 부처님께 좋은 곳으로 가게 해달라는 뜻으로 "나무아미타불 관세음보살"을 중얼거린다. 그 차에 실린 동물 수를 어림짐작으로 헤아려 동물 수만큼 기도도 한다. 로드킬을 당한 동물들을 보아도 마찬가지다. 이 때문에 아이들과 남편에게 가끔 놀림을 당한다. 하루는 가족끼리 외식을 하기 위해 다른 도시로 가던 길이었다. 그때 우리 차 옆으로 닭을 가득 실은 차가 다가왔다. 남편과 아이들은 누가 먼저랄 것도 없이 걱정이 가득한 표정으로 "큰일 났네, 식당 도착하기 전에 기도가 끝날지 모르겠네." 하고는 눈빛을 주고받으며 웃는 것이었다. 그러거나 말거나 두 손을 모으고 기도를 시작했다. 그때, 딸아이가 한마디 거들었다. "엄마, 그러면 우리 삼겹살 먹으러 가는데 그 돼지는 안 불쌍해?" 순간, "그러니까 나도 내가 이상해!"라는 말이 튀어나왔다.

그렇다고 마음에도 없는 기도를 하는 것은 정녕 아니다. 그런데도 마음 한편이 이리 불편한 것을 보면 마음과 행동의 불일치가 자승자박하게 만든 셈이다. 그동안 사람들에게 "돼지고기는 못 먹는데, 삼겹살은 먹어요."라든가 "날개 달린 음식은 제 동족이라 못 먹어요."라는 말로 식성의 편향을 유머러스하게 넘기곤 했다. 그런데 가만 생각해 보면 주위 사람들에게 소외되지 않으려는, 스스로를 지키기 위한 행동의 발로가 아니었을까 싶다. 아주 가끔, 한강의 ≪채식주의자≫ 속 '영혜'처럼 되지는 않을까 하는 생각도 들곤 한다. 영혜가 채식주의자가 되고 다른 모든 것에서 스스로를 분리시키듯 어쩌면 나도 그런 사람이 될까 두려웠던 것은 아닐까. 우스갯소리겠지만 가끔 모임 장소를 잡으면서 아무거나 먹으면 안 되냐고 볼멘소리를 하는 지인의 말을 듣곤 한다. 그때마다 웃어넘기면서도 왠지 모임 사람들에게 민폐를 끼치는 듯하여 마음이 불편할 때가 많다. 아마도 우리 주변에는 나처럼 다른 누군가와 다르다는 이유로 함께하는 것이 불편하고 힘들어 혼자만의 세계에 갇혀 있는 이가 있을지도 모를 일이다.

이제는 눈이 펄펄 날리는 날에 꽃잔디가 꽃을 피웠더라도 그냥 예쁘다고 칭찬을 해주는 도량을 키우려 한다. 더불어 나와 다른 모습, 우리와 다른 편향된 습성의 사람을 만나게 되더라도 그이가 힘들지 않게 외롭지 않게 손을 놓지 않고 어깨를 겯고 함께 걸어가리라 다짐해 본다.

잿빛 하늘에서 잿빛 눈이 내린다. 아, 눈이 아니다. 옆집 고추밭에서 김장을 끝내고 고춧대를 태운 재가 우리 집 발코니로 펄펄 내리는 것도 모르고 좋아라 하는 꼴이라니. 언제쯤이면 세상을 온전히 보게 될지 의문이다.

산수유 꽃은 혼자서 피고

3월이다. 계절의 시작이면서, 모든 생명들의 시작점이기도 하다. 땅속에서는 꼬물꼬물 생명이 움트고, 지상에서는 나무들이 잎눈과 꽃눈을 키우기 바쁜 달이다. 어디 그뿐일까. 모든 숨 탄 것들에도 생명의 기운은 넘실거린다. 그런데 난데없이 춘설이 내렸다. 겨울이 봄을 시샘한 것일까. 아니면 아직은 때가 아니라며 속도를 조절해 주는 것일까. 하기야 예전에도 3월에 눈이 내리는 일은 종종 있었으니 그리 놀라운 일은 아니지만 그래도 조급해진 봄꽃들에게는 달가운 손님이 아닌 듯하다.

보폭의 조절, 춘설은 어쩌면 모든 자연의 걸음을 제어해 주는 기능이라고 보아도 될 듯싶다. 우리 인생에서도 보폭의 조절은 중요하다. 너무 빨리 달리다 보면 언젠가 탈이 날 수밖에 없다. 그렇다고 너무 느적느적 걷다 보면 흐르는 세상사에 뒤처지게 된다.

조선 전기 때의 문신 강희맹이 쓴 〈등산설〉을 읽었다. 노나라 사람 중에 아들 셋을 둔 어떤 이가 있었다. 어느 날 아들들은 태산 일관봉을 오르는 내기를 했다. 둘째와 막내는 호기심이 많고 민첩했으며 몸도 온전했지만, 그에 반해 첫째는 착실하나 다리를 절었다. 결과는 어찌 되었을까. 모두의 생각과는 다르게 다리를 저는 첫째만이 태산 정상에 올라 울창한 숲과 태양이 지고, 다시 떠오르는 장관을 만끽했다. 둘째와 막내는 산을 오르던 중 자신의 날램과 민첩함만을 믿고 이곳저곳을 기웃거리다 해가 지는 바람에 그만 산기슭과 바위 밑에서 밤을 지새우고 내려올 수밖에 없었다. 태산은 험하고 높다. 첫째는 자신이 다른 사람과 달리 다리가 성치 못하다는 단점을 알기에 한눈을 팔지 않고 있는 힘을 다해 한 발짝 한 발짝 쉬지 않고 올라갔다. 조급해하지도 않고, 그렇다고 게으름을 피우지도 않았다. 그 결과 정상에 오를 수 있었다.

산을 오르는 일은 우리 삶과 많이 닮았다. 자신이 추구하는 목표가 크고 높을수록 주변의 유혹은 많은 법이다. 게다가 능력이 있고, 자만심이 큰 사람은 욕심의 크기도 클 수밖에 없다. 그러다 보니 이곳저곳을 기웃거리게 되고 결국은 처음 목표와 다르게 엉뚱한 곳에서 허우적이다 빠져나올 수가 없게 된다. 또, 처음부터 목표만을 바라보고 성급하게 달려가다 보면 목표점에 이르기도 전에 제풀에 지쳐 포기하는 결과를 가져온다. 모든 일은 욕심보다는 자신의 신념이 중요하다. 신념을 가슴에 새기고 나아갈 길을 체크해 간다면 어느새 목표점에 다다르게 될 것이다.

너무 빠르지도 느리지도 않게 오르는 산행처럼 우리 인생도 적절한 속도를 유지하며 살아야 한다. 요즘 많은 사람들이 우울증에 시달리는 것은 어쩌면 제대로 된 삶의 속도를 지키지 않아서라는 생각이 든다. 젊은 시절 쉬지 않고 열심히 앞만 보고 달렸다. 지치고 힘들었지만 멈출 수가 없었다. 그러다 결국 몇 년 전 탈이 나고 말았다. 더 이상 앞으로 달려갈 힘도 없었지만 달려가기도 싫었다. 몸과 마음에 생긴 생채기로 너덜너덜했다. 달라진 건 그때부터였다. 멈추지는 않되 천천히 그 누구도 아닌 나를 바라보면서 천천히 가기로 했다.

뒷집의 산수유나무가 화사하다. 어느 결에 꽃이 벙글어 노랗게 웃는다. 주인 없는 빈집에서 마당 한옆을 지키고 서 있는 산수유꽃은 올해도 혼자서 폈다. 그런 것일까, 인생이란 것이. 누구에게 보여 주는 것이 아니라 그저 혼자서 피고 지는 것이라고 산수유나무가 말을 하는 듯하다.

바다에 눈이 내리면

얼마 만이란 말인가. 바다가 노을을 집어삼키는 저 황홀한 순간을 보는 것이. 남편의 일은 여름이 제일 바쁜 철이라 피서도 즐길 여유가 없다. 때문에 둘이 함께하는 여행은 될 수 있으면 겨울로 잡는 편이다. 더욱이 12월은 우리의 결혼기념일이 들어 있는 달이라 어디론가 떠나곤 했다. 하지만 이번에는 쉽지 않은 결정이었다. 코로나는 수그러들 기미도 없이 오히려 점점 기세가 커져만 간다.

부적을 챙기듯 마스크를 손가방과 짐 가방에 많이도 쟁여 넣었다. 우리는 식당도 사람이 없는 곳으로 피해 들어가고, 바닷가를 거닐 때도 한적한 곳으로만 다니자며 서로 행동지침으로 다짐했다. 제부도의 바닷길이 열리는 시간에 맞추느라 부지런히 달려오니 이미 섬에 들어가기 위해 기다리는 차들로 정체가 심했다. 바닷길이 열린 후에도 워낙 많은 차들이 들어가서인지 속도를 내지 못했다.

덕분에 마침 바다에서 한창 지고 있는 노을을 마주하게 되었다. 아직 다 밀려나지 못한 먼 곳의 바닷물이 태양을 끌어당기고 있는 듯 붉은 잔영이 넓은 갯벌을 물들여 놓았다.

짐도 풀지 않은 채 펜션 마당에 차를 주차시켜 놓고 남편과 서둘러 바닷가로 나왔다. 바다를 향해 줄지어 서 있는 횟집들이 밝은 조명등을 번쩍이며 손님을 유혹했지만 식당마다 손님이 있는 집은 드물었다. 그 많은 차에 타 있던 사람들은 다 어디로 갔을까. 맘씨 좋아 보이는 아저씨의 손짓에 우리는 '전라도 ㅇㅇ'이라는 조개구이 집으로 들어갔다. 가게는 꽤 넓은 공간이었으나 텅 비었다. 예전 같았으면 주말인 이때쯤에는 많은 사람들로 붐볐을 것이다.

코로나로 모든 가게가 9시까지밖에 영업을 하지 못하는 것은 관광지인 이곳도 예외가 아니었다. 우리도 서둘러 저녁을 먹고 숙소로 돌아와 짐을 풀었다. 사람이 없는데도 섬 전체에 음악이 크게 흘러나왔다. 놀이공원을 연상하게 만드는 음악이었다. 따뜻한 커피를 타서 숙소 방 앞에 있는 야외용 탁자에 앉았다. 이따금씩 들리는 폭죽 소리와 함께 어두운 하늘에 퍼지는 불꽃이 이곳이 바닷가임을 알려 주는 듯했다. 펜션 마당에는 장식등이 여기저기 매달려 있어 쌀쌀한 겨울밤을 따뜻하게 해준다. 우리는 잔잔하게 흐르는 음악을 들으며 서로에게 위안과 축하의 눈빛을 전했다.

이른 아침, 남편의 핸드폰 알람 소리에 잠이 깼다. 커튼을 열어 보니 온 세상이 하얗게 변했다. 지금도 계속 함박눈이 펑펑 내린다. 신혼여행을 갔던 그때도 꼭 이랬다. 설레고 두려웠던 그때, 하얀 눈은 어린 신부의 마음을 포근히 감싸 주었다. 아마도 첫날밤 눈이 많이 내리면 잘 살 것이라는 세간의 속설을 떠올렸기 때문일 것이다. 그리고 오늘, 바다에 눈이 내린다. 첫눈이다. 바다에서 맞는 눈은 처음이기에 나도 모르게 탄성을 질렀다. 바닷가 데크 길을 남편과 팔짱을 끼고 걸었다. 첫날밤의 함박눈을 생각했다. 그리고 바다에 내린 눈도 생각했다. 부디 첫날밤 함박눈처럼, 오늘 바다에 내린 첫눈이 모든 이들에게 일상을 되돌려 줄 수 있는 신호의 눈이 되기를 간절히 바라본다.

6

운정재(雲庭齋)

운정재(雲庭齋)

사는 동안 이룰 수 있는 소원이 몇 가지나 있을까. 이순이 가까워진 나이에 이르러 비로소 한 가지를 이루었다. 그것은 서재를 갖는 일이었다. '운정재(雲庭齋)'라고 이름도 지었다. 구름이 머물고, 정원이 들어와 있는 서재라는 뜻이다. 본채와 떨어진 이곳은 몇 년 전까지만 해도 논술 수업을 하던 공부방이었다. 그러다 논술 일을 그만두면서 창고가 되었고, 더 이상 기거를 할 수 없는 공간이 되어 버렸다. 캠핑 장비를 비롯해 서울서 가져온 아이들의 옷 보따리며 처치 곤란이던 부피가 나가는 운동기구까지 이곳에 쟁여 놓았었다. 거기다 동네 고양이들에게 공격을 당하는 고양이 '랑이'의 잠자리도 이곳에 마련해 주었다.

그러던 중 얼마 전 우연한 기회에 집을 수리하신다는 분을 알게 되었다. 돈과는 가까워 보이지 않던 그분은 목수 일을 하는 분이었다. 그분을 알게 된 건 불과 넉 달 전 내가 강의하는 글쓰기 교실에서였다. 목수 일로 바쁜 분이었는데 그날은 마침 일이 없어 오게 되었다고 했다. 책 읽기를 즐겨 하고 글쓰기도 좋아하는 사람이었다. 사람은 오래 만나야 그 사람의 진실한 마음을 알 수 있다고 한다. 하지만 고작 서너 번밖에 되지 않는 만남이었는데도 그분에게 신뢰가 갔다. 얼마 전 수업이 끝난 후 그분을 포함하여 몇 명과 함께 점심을 먹고 카페에서 담소를 나누게 되었다. 사실 그날은 다른 분이 집수리에 관해 상담을 하고 싶다 하여 만들어진 자리였다. 그런데 옆에서 두 사람의 이야기를 듣다 보니 궁금증이 일어 이것저것 묻게 되었다.

말투도 급하지 않았다. 성급하게 호언장담도 하지 않았다. 작은 것 하나도 놓치지 않고 세세하게 대답을 해주는 그분의 모습에서 진실함이 보였다. 망설일 필요가 없었다. 쇠뿔도 단김에 빼라고 했던가. 몇 년을 벼르고 꿈만 꾸던 '나만의 서재 갖기'의 일을 실행하기로 했다. 다행히 추석 전에는 일이 없다 하셨다. 일주일 동안 공사를 마무리 짓는 조건으로 계약은 성사되었다. 며칠 후 작업에 들어갔다. 공사를 하는 일주일 동안 조금씩 변해 가는 창고를 보는 것도 하나의 즐거움이었다. 그러던 어느 날이었다. 무엇인가 자신의 마음에 들지 않았는지 하던 일을 잠시 멈추고 곰곰이 생각을 하는 듯 보였다. 잠시 후 생각이 정리되었는지 다시 일을 시작하는 모습을 보면서 멋지다는 생각을 넘어 존경심마저 들었다.

공사가 완성된 날은 정말 행복했다. 무엇 하나 허투루 한 게 없었다. 그렇게 정성을 다해 만들었으면서도 공사비를 청구함에 있어서는 예상보다 자재비가 많이 들었다며 미안해했다. 물론 세상 물정에 어두운 내가 공사를 계약하면서 무조건 공사비를 싸게 해 달라고 했으니 마음이 매몰차지 못한 그분 편에서는 미안한 마음이 들었을지도 모르겠다. 그분의 모습을 보면서 얼마나 어리석었는지를 알게 되었다. 청구한 금액보다 더 드리고 싶은 마음은 굴뚝같았지만 주머니 사정이 넉넉하지 못해 청구액만 드리고 말았다.

서재는 방이 하나지만 두 개의 공간인 듯 만들어졌다. 책장이 있는 곳은 책도 읽고 공부도 할 수 있게 전등을 밝은 것으로 달았다. 그리고 입구 쪽에 조금 높은 들마루를 만들어 전기온돌판넬을 깔았다. 그곳은 지인들과 차도 마시고 수다도 떨 수 있는 공간이기에 은은한 등을 달았다. 책장이며 책상이 자리 잡고, 커피를 끓이고 마시는 주전자와 컵까지 놓으니 제법 운치가 있어 보인다.

문을 활짝 열고 들마루에 앉았다. 태풍이 지나간 끝이어서 그런 것일까. 하늘이 정말 맑고 깨끗했다. 게다가 파란 하늘에는 토실토실 하얀 뭉게구름이 더없이 예뻐 보였다. 때마침 불어오는 바람에 흔들리는 정원의 나뭇잎들까지 더해져 한 폭의 그림처럼 다가왔다. 그 순간 서재의 이름을 지어야겠다는 생각이 들었다. 운정재(雲庭齋), 이제야 비로소 모든 것이 완성된 기분이다.

운정재(雲庭齋)에 첫 손님이 찾아왔다. 바로 서재를 만들어 주신 목수 부부와 지척에 사는 지인이었다. 사실 돈을 넉넉하게 드리지 못한 미안함과 고마움을 조금이나마 갚고 싶어 만든 자리였다. 지인이 가져온 와인과 어울리게 푸짐하지 않지만 초라하지도 않도록 술상을 준비했다. 마음결이 고운 목수 부부에게 선물로 받은 운정재(雲庭齋)라고 새겨진 명패를 벽에 세워 놓으니 제법 있는 집 서재 흉내는 낸 듯하다.

술과 안주가 동이 나도록 밤이 깊어 간다. 그럼에도 운정재(雲庭齋)에서의 수다는 동이 날 줄 모른다. 그 바람에 주인장 엉덩이가 내심 불안하다. 술을 더 내오나, 안주를 더 내오나, 어느 것을 더 내온들 이들의 수다를 당해 낼 재간이 없다는 것을 간파한 주인장의 엉덩이는 어느새 들마루에 단단히 고정이 되고 말았다. 문밖, 뜰에서는 풀벌레가 울고 하늘엔 구름도 사라졌다. 어느덧 별들만이 어두운 하늘을 또랑또랑 지키고 있는 지금은 깊은 가을밤이다.

몽이

각자도생이란 말이 있다. 바쁜 현대인들의 삶을 단적으로 보여 주는 말일 테다. 이렇듯 각박한 사회에서 반려동물은 우리 사람들에게 따뜻한 안식처가 되어 주고도 남는다. 굳지 말하지 않아도 언제나 믿어 주고, 따라와 주는 반려동물들이다. 어린 시절 동네에는 개를 기르지 않는 집이 없었다. 우리들이 뛰노는 곳마다 컹컹 짖으며 함께 따라다니던 누렁이도 흰둥이도 이제는 추억 속 한 장면이다. 결혼을 하고 난 후에도 계속 이곳 작은 읍내에서 살았다. 집도 단독 주택이다 보니 우리 집에는 언제나 개와 고양이가 함께했다. 그동안 우리 집 가족이 되어 살다 간 동물들은 이루 헤아릴 수 없이 많다. 그러니 반려동물들과 이별은 또 얼마나 많았을까. 그럼에도 녀석들의 주검을 대할 때면 속절없이 무너지곤 한다.

며칠 전, 저녁 무렵이었다. 갑자기 움직임이 둔했다. 그리 탐을 내던 간식도 냄새만 맡고 덥석 먹지를 못했다. 미세하게 몸이 떨리는 것이 감지됐다. 채웠던 목줄을 빼고 안아 보았다. 하루 사이 배가 쏙 들어갔다. 두려운 마음에 녀석을 차 뒷좌석에 태우고 동물병원으로 향했다. 하지만 병원 문은 굳게 닫혔다. 할 수 없이 그냥 집으로 돌아올 수밖에 없었다. 힘이 없는 녀석의 배를 문질러 주었다. 혈액 순환에 도움이 될까 하는 마음에서다. 기운이 났는지 사료를 조금씩 먹기 시작했다. 다음 날 아침 일찍 나가 보니 심상치가 않다. 병원 문이 열리는 시간에 맞춰 가보았지만 오늘도 또 허탕이다. 문 앞에는 출장 중이며 점심쯤에 문을 연다는 안내문이 붙었다. 그렇게 시간이 흐르고 점심때가 되어 마당으로 나가 보니 몽이는 이미 숨이 끊어져 있었다.

이런 이별을 한두 번 겪은 것도 아닌데 이번에도 어김없이 마음이 진정되질 않는다. 조금만 힘을 내라며 간절히 빌었지만 몽이는 기다려 주지 않았다. 이곳은 동물 병원이라고는 두 군데밖에 없고, 개를 치료할 수 있는 곳은 한 군데뿐이다. 그나마도 수시로 문을 닫으니 개와 고양이가 제대로 치료를 받기란 여간 힘든 일이 아니다.

먹이를 찾아 든 고양이들을 보면 그냥 둘 수 없어 먹이를 챙겨준다. 또한 주인에게 버림을 받은 강아지도 그냥 지나치지를 못한다. 몽이도 3년 전 우리 동네 골목에서 일주일을 배회하던 강아지였다. 이웃집 할머니는 누군가 차를 타고 와서 골목에 강아지를 버리고 가는 것을 봤다며 안타까워했다. 차의 통행량이 적지 않은 골목에서 강아지는 정말 위태로워 보였다. 한번 만져 보려 곁으로 다가가니 다른 집 구석으로 몸을 숨기고 만다. 녀석이 숨어든 그 집 앞에 살그머니 사료와 물을 갖다 놓으니 얼마나 배가 고팠는지 허겁지겁 먹어 치웠다. 그렇게 몇 번씩 먹을 것을 주어서인지 점점 나를 보고 꼬리를 흔들더니 어느 날엔 아예 우리 집으로 들어와 나가지 않았다. 그렇게 몽이는 우리 집 가족이 되었다. 이름을 몽이라고 지은 이유는 왠지 원숭이처럼 귀엽다는 생각에서다.

몽이는 정말 착한 아이였다. 그런데 가까이서 보니 다리도 약간 휘고 입은 언청이다. 겁이 많은 몽이는 사람의 손길을 그리 좋아하지 않았다. 사람 소리만 들으면 구석으로 숨기 바빠 친해지기까지 오랜 시간이 걸렸다. 사람에게 상처가 깊어 그런가 싶어 마음이 아팠다. 다행히도 사람에게는 그렇게 몸을 내어 주지 않으면서도 우리 집 고양이들하고는 사이가 좋았다. 그래서 고양이 집을 몽이 집 가까이에 두었다. 사실은 몽이가 사나운 들고양이의 공격을 막아 줬으면 했다. 바람은 이루어졌다. 몽이는 낯선 사람을 보면 짖기는 커녕 무서워 벌벌 떨며 숨기에 급급했다. 그런데 낯선 고양이가 우리 고양이 집 근처를 어슬렁거리면 정말 사납게 짖어 댔다.

그렇게 착한 녀석이 제대로 된 치료도 받지 못하고 우리 곁을 떠나고 말았다. 이렇게 후회가 될 수가 없다. 이웃 도시로라도 안고 갔더라면 살 수 있지 않았을까 하는 생각에 가슴이 미어진다. 한참을 몽이 집 앞에서 우두망찰 서 있다. 화단은 온통 봄꽃으로 만발하건만 몽이가 없는 마당이 왜 이리도 휑하고 쓸쓸한지 모르겠다.

어머니와 김치

절집 밥상도 이보다 못하진 않을 것이다. 보리밥 반 그릇에 반찬이라고는 김치뿐이었다. 밥상은 늘 초라했지만 어쩌면 어머니는 그것도 감사하게 여겨야 한다고 말씀하실지 모르겠다. 가난한 살림살이 때문이었는지 어린 시절 우리 집 밥상에는 고기가 올라온 적이 거의 없었다. 고기가 상에 올라오는 날은 제삿날이거나 아버지 생신날뿐이었다. 제삿날에 오르는 고기도 조기 한 가지였다. 닭고기도 산적도 올리지 않았다. 이상하게도 어머니는 아버지 생신 때면 동태탕을 끓여 주셨다. 어머니는 비린 것은 입에도 대지 못하셨던 분이었지만 그나마 동태탕은 드시곤 했다. 남들은 소고기 미역국이나 닭고기 미역국, 그것도 아니면 조개 미역국이라도 끓여 낸다고 하지만 우리 집은 누구의 생일이건 고기가 들어가지 않은 미역국이었다. 들기름에 달달 볶아 끓여 낸 미역국을 먹으면서도 식구 중 누구 하나 불평을 하지도 않았다.

젊은 시절 어머니는 읍내에 있던 담배공장에 다니셨는데 점심은 각자 도시락을 준비해야 했다. 하지만 도시락은커녕 먹을 것도 부족했던 살림이었으니 어머니는 공장 수돗물로 배를 채우시는 날이 허다했다. 입에 거미줄은 치지 않을 정도의 살림이 되었어도 우리 집 밥상은 크게 변하지 않았다. 그나마 언니가 초등학교를 졸업하고 공장을 다니면서 간간이 비린 고기를 사 오긴 했다. 하지만 자식들이 모두 결혼을 하고 아버지마저 돌아가시자 어머니의 밥상은 다시 곤궁해졌다. 당신을 위해 양말 한 켤레도 사는 법이 없으셨다. 자식들이 입던 옷이나 양말로 해결하셨던 분이었으니 혼자 드시는 밥상이야 오죽했을까.

친구들의 이야기를 들어 보면 다들 엄마가 해준 잊지 못할 반찬이 있다는데 나는 아무리 생각해 봐도 없다. 언제나 일에 쫓겨 사셨던 분이니 반찬도 설렁설렁하셨다. 그러니 맛이 있을 리가 만무했다. 그렇게 어머니의 음식에 길들여져서 그런지 시집을 와서는 남편의 식성을 맞추는 것이 정말 곤욕이었다. 친정집과 다르게 시댁은 음식에 조미료를 많이 첨가해서 먹었다. 처음에는 모든 음식이 느끼해 먹을 수가 없었다. 남편은 입맛이 정말 까다로운 사람이었다. 신혼 시절 음식을 달게 먹어 준 적이 없었다. 어쩌면 조미료를 넣지 않는 음식을 남편으로서는 먹기가 힘들었을 것이다. 그런 남편이 언젠가는 우리 어머니의 김장 김치가 정말 맛있다고 했다.

시집을 온 후로는 시댁에서 김장을 해 오곤 했는데 그래도 봄이 되면 친정어머니의 김치를 찾곤 했다. 시댁의 김장은 조미료를 비롯해 젓갈과 갖은 양념으로 버무려, 바로 먹어도 맛이 있다. 하지만 몇 달이 지나면 이상하게 개운하거나 깔끔한 맛이 없고, 텁텁하면서 군내가 나 김치에 손이 가지 않았다. 그와는 다르게 어머니가 하시는 김장은 정말 간단했음에도 시간이 지날수록 오묘한 맛을 냈다. 소금에 절인 배추에 고춧가루와 마늘, 파만 넣고 버무리면 되었다. 버무린 김치는 텃밭에 묻어 놓은 항아리에 꼭꼭 눌러 담아 삭힌다. 그렇게 별 양념이 들어가지 않은 김치는 봄이 되면 그 진가가 발휘된다. 사이다를 넣은 듯 톡 쏘는 개운한 맛이 난다.

'소금기를 뺀 무염식, 밥은 한 끼 양의 3분의 1 정도, 찬으로는 콩 조금과 나물, 솔잎 다진 것, 잣 약간', 30년 전 돌아가신 성철 스님의 밥상이다. 정갈하고 소박하다. 스님은 밥을 먹되, 그 밥에 먹히지 않으려 하셨다고 한다. 그것은 음식에 대한 욕심을 버린 생명 유지를 위한 최소한의 밥이어야 한다는 뜻일 것이다. 스님은 생전에 '밥을 먹는 사람'보다 '밥에 먹히는 사람'이 훨씬 많다고 하셨다. 아마도 음식에 대한 현대인들의 과도한 욕심에 우려를 표한 것은 아니었을까. 그러고 보면 우리 어머니의 밥상이야말로 어떠한 심욕도 없는 밥상이라는 생각이 든다. 어머니는 고기를 입에도 대지 않은 분이셨지만 구십 가까이 사시다 돌아가셨다. 대부분은 하루 한 끼만 드셨고, 많으면 두 끼를 드셨던 분이다. 나도 어머니의 피를 받아서인지 우리 형제 중 유일하게 고기를 잘 먹지 못한다. 하지만 음식에 대한 욕심은 많아 걱정이다.

성철 스님은 옷은 다 떨어진 것을 입더라도 마음만은 절대 떨어지면 안 된다고 하셨다. 걸치레를 버리지 못하는 나로서는 마음 깊이 새겨 볼 말이건만 그것이 쉽지는 않다. 그래도 어머니의 김치를 거울삼아 마음을 잘 닦아 보려 한다. 간소한 재료로 만든 어머니의 김치가 세월이 지날수록 오묘한 맛을 내듯 말이다.

가을밤, 꽃이 피었다

아무도 모르게 폈다. 꽃은 애초에 소문일랑 낼 생각도 없었다. 이 세상에 온 것은 소풍이라고 하지 않던가. 스리슬쩍 그렇게 온 듯 안 온 듯 가려고 했다. 그럼에도 하얗고 탐스러운 자태를 한 남자에게 들키고 말았다. 그 남자는 아침에 일어나자마자 소문을 내기 시작했다. 지난밤에 하얗게 핀 탐스러운 꽃을 봤냐고. 금시초문이라는 아내의 표정을 읽고는 쾌재를 부르더니 장황한 이야기를 시작했다.

친구와 술을 한잔하고 들어오는데 수돗가 근처에 놓여 있는 항아리 옆에서 탐스러운 하얀 꽃이 자신을 부르는 듯해 한참을 바라보다 왔다고 했다. 그 꽃은 나팔꽃 모양의 길고 커다란 꽃이라고도 했다. 밤이라 꽃만 보이고 어떤 화초인지는 잘 모르겠다며 어물어물 말꼬리를 흐렸다. 그 소리를 듣던 아내의 눈이 커지더니 단박에

"아, 귀면각이 꽃을 피웠구나!"라며 혼잣말을 했다. 매일 아침 들여다보는 화초들이었는데 요 며칠 명절 준비로 바빠 귀면각에 꽃대가 올라왔는지도 몰랐다.

귀면각이 우리 집으로 온 것은 20여 년 전쯤이다. 그때는 남편을 도와 사료가게 일을 했을 때였다. 사료를 사러 오셨던 노부부와 가깝게 지내게 되었는데 어느 날 자신들이 몸이 아파 키울 수 없게 되었다며 화초를 주고 싶다고 했다. 귀한 것이라 다른 사람보다는 우리에게 주고 싶다 하여 그분들 댁으로 가서 싣고 왔다. 그 화초가 바로 '귀면각'이라는 선인장이었다. 얼마나 크던지 남편의 키를 훌쩍 넘겼다. 트럭에 옮겨 싣는데도 애를 먹였던 기억이 지금도 잊히질 않는다.

귀면각은 우리 집으로 온 그해에는 꽃을 피우지 않더니 다음해부터는 활짝 꽃을 피워 올렸다. 아마도 자리를 옮긴 탓이었을 테다. 그런데 신기하게도 꼭 밤에만 피었다. 오래 피지도 않았다. 딱 하룻밤이었다. 그 밤이 지나면 꽃은 힘없이 사그라지고 오므린 잎은 더 이상 펴질 않았다. 캄캄한 밤에 펴서일까. 하얀 꽃은 온 세상을 밝혀 주는 듯했다. 키가 커서인지 선인장 가지 이곳저곳에서 같이 올라오기도 하고 시간 차를 두고 꽃대를 올리곤 했다. 그렇게 1년에 한 번 가을밤을 밝혀 주던 귀면각 꽃이었다.

그런데 10년 전 우리 집을 새로 지으면서 귀면각을 친정집에 맡기게 되었다. 어머니는 귀면각이 선인장이니 추우면 안 된다고 하우스에 놓자고 했다. 그렇게도 아껴 주었던 귀면각을 어머니가 어느 날 막대기로 사정없이 후려치기 시작했다. 내가 그 광경을 목도했을 때는 이미 귀면각의 3분의 2가 잘려 나간 뒤였다. 그때부터 어머니에게 치매가 찾아왔음을 우리는 어렴풋이 알게 되었다. 밤에 하우스에 들어가니 웬 키 큰 남자가 있어 때렸다고 했다. 원망을 할 수도 없었다. 귀면각은 그 뒤로 시름시름 썩기 시작하더니 내 팔뚝 반만큼의 크기만 살아남았다. 그리고 10년 동안 꽃을 피우지 않았다. 우리도 더 이상은 기대하지 않았다. 살아남은 것만도 요행이었다. 아직도 그때의 상흔이 또렷이 남아 있어 마음이 아프다. 그런데 드디어 어젯밤에 귀한 꽃 한 송이를 피워 올렸다니 기쁨보다는 고맙다는 생각이 앞섰다.

키가 작으니 꽃대를 하나밖에 올리지 못한 건 당연하다. 상처를 이겨 내고 피워 올리느라 애를 썼을 텐데 보아주지 못한 게 못내 아쉽고 미안했다. 아침에 나가 보니 입을 오므린 커다란 꽃송이가 힘없이 매달렸다. 긴 세월 상처를 이겨 낸 것도 대견한데 이렇게 또 꽃을 피워 내다니 정말 고맙고 또 고마웠다. 내년에는 꼭 잊지 않고 기다리겠다는 뜻으로 꽃송이를 어루만져 주었다.

하늘엔 성근 별들이 빛나고 풀숲에선 가을벌레 소리가 요란하다. 가을밤, 상처가 꽃이 되어 돌아온 아름다운 순간이다.

소원등

작은 손으로 소원을 적느라 바쁜 초등학생의 등 뒤에서 엄마로 보이는 여인이 속삭인다.

"공부 잘하게 해달라고 써."

그 옆에서 자신의 소원을 적던 아들은 그 여인을 힐끔 보더니 이내 자신의 마음을 적은 쪽지를 소원등에 붙이고는 그곳을 물러 나왔다. 아들은 조금 전에 곁에 있던 아이 엄마가 영 못마땅한가 보다.

"공부가 다가 아닌데 왜 그럴까?"

"엄마도 예전에는 그랬어. 아마 저 엄마도 아직 어려서 그럴 거야."

초파일을 맞아 절 마당에는 연등이 꽃처럼 주렁주렁 피어났다. 작년까지만 해도 코로나로 인해 절을 찾는 발걸음이 그리 많지 않았다. 올해는 방역 완화로 인해 사찰마다 다시 활기가 돈다. 이곳 미타사도 올해는 큰 소원등을 석탑 옆에 마련해 놓았다. 소원등은 어느새 소원을 적은 종이로 빼곡했다. 아들이 쓴 소원을 살짝 훔쳐 보니 우리 가족 모두 건강하길 바란다는 내용이었다. 언제 이리도 컸을까.

아들이 초등학생 때쯤이었지 싶다. 초·중등 아이들을 대상으로 논술교실을 운영했다. 그때는 1년에 한 번씩 논술하는 아이들과 그 부모까지 함께하는 문학기행을 진행하곤 했다. 문학기행을 가기 전 언제나 먼저 답사를 했었는데 그해는 안동 하회마을이었다. 두 딸과 아들을 데리고 안동 하회마을 이곳저곳을 둘러보던 중 고택을 끼고 있는 고샅으로 들어가게 되었다. 고샅 안쪽에는 600년이 넘은 아름드리 느티나무가 당당하게 서 있었다. 느티나무 주위에는 몇 개의 새끼줄이 쳐졌는데 그곳에는 하얀 종이들이 빼곡하게 끼워져 있었다. 그 나무가 바로 소원을 들어준다는 소원나무였다.

군중심리라고 했던가. 우리도 왠지 그곳에 소원을 적어야 할 것 같은 알 수 없는 압박감에 사로잡혔다. 무엇보다 소원을 적은 하얀 종이들을 보니 정말 소원이 이루어질 것 같다는 생각도 들었다. 거의 끌고 가다시피 소원을 적는 책상으로 아이들을 데리고 갔다. 빨리 소원을 적으라고 윽박질렀다. 그뿐이 아니었다. '공부 잘하게 해주세요.', '좋은 학교에 들어가게 해주세요.'라는 글귀까지 지정해 주었다. 그것도 모자라 내 소원으로 '아이들이 공부도 잘하고 좋은 학교도 들어가게 해주세요.'라고 적었다. 그 소원 종이들을 새끼줄에 빠지지 않게 단단히 끼워 넣고는 느티나무에게 비손을 했던 기억이 지금도 생생하다.

다행히도 아들은 너무 어려서였는지 그때의 일을 기억하지 못하는 모양이었다. 아까는 얼마나 가슴이 뜨끔했는지 모른다. 그래도 생각해 보면 그때 하회마을에서 비손을 했던 것이 영 헛일은 아니었나 보다. 두 딸과 아들은 어느새 다 커서 서울에 있는 직장에 잘 다니고 있다. 올해는 부처님 오신 날이 어버이날과 겹쳤다. 딸들은 바쁜지 막내인 아들을 대표로 내려 보냈다. 연등을 달고 미타사에서 내려오는 길은 아름드리나무들이 우거져 시원했다. 아들은 성큼성큼 걷다가도 내가 뒤처지면 천천히 발걸음을 늦추고 보폭을 맞춰 준다. 그러고 보니 아들의 등이 아빠보다도 더 넓어 보였다.

풍수지탄, 자식은 효도를 하고 싶어 하지만 부모는 기다려 주지 않는다고 했다. 그런데 부모가 되어 보니 그 말이 다 맞는 것 같지는 않다. 커 가는 자식들의 모습 하나하나, 예를 들어 부모에게 기쁨을 주었을 때는 물론이고 상처받고 아파하다가도 그것을 이겨 내는 모습이나, 사랑을 하고 헤어지고 또 의연해지는 순간의 모습들, 자식의 사소한 모습 모두가 부모에게는 행복이라는 것을 알게 되었다. 그러니 아들이 소원등에 글을 적어도 쓰려고도, 참견하지도 않았으리라. 이미 아이들의 모습을 보고 느끼는 그 자체가 내 소원이니 굳이 더 무엇을 바랄까. 아마도 언제나 꺼지지 않는 소원등 하나가 나도 모르는 사이 가슴속에서 환하게 밝히고 있었나 보다.

서울 택시

충청도 아낙이 서울에서 택시를 탔다. 시작은 택시 기사였다. 옷차림새가 영락없는 시골 여인이었다. 보퉁이를 가슴팍에 꼭 껴안은 중년의 아낙과, 이제 막 20대에 들어선 그녀의 딸을 보니 궁금증이 일었던 모양이다.

"서울엔 무슨 일로 오셨어요?"

"야, 큰딸 네에 다니러 왔어유. 아, 이번에 야가 서울에 취직을 했지 뭐예유. 마침 지 언니가 서울에서 살고 있어서 야를 맡기러 가는 거유. 그런데 걱정이에유. 잘 지낼지 어떨지. 야 성격이 을매나 별난지…."

가만히 듣고만 있던 젊은 아가씨는 금세 얼굴이 붉어져서는 곁눈으로 흘겨도 보고, 엄마의 옆구리를 찔러도 보았지만 아무 소용이 없었다. 엄마는 뒷좌석에서 말을 하면 안 들릴까 봐 조바심이 났는지 앞좌석 사이에 머리를 내밀고 본격적인 이야기를 시작했다. 엄마는 택시 기사가 물어보지도 않은 일을 친구에게 얘기하듯 쏟아냈다. 우리 아버지가 얼마 전 노름을 하다 돈을 잃어서 속상하다는 둥, 우리 형부가 키는 장대같이 커서 살갑지도 않고 영 마음에 들지 않는다는 둥, 그런데 아버지가 서두르는 바람에 결혼을 시켰는데 속상하다는 둥, 정말이지 집안의 대소사를 줄줄이 들려주었다. 가만 보니 택시 기사는 엄마의 이야기를 즐기는 듯했다. 얼마나 장단을 잘 맞춰 주던지, 엄마는 택시 기사의 호응에 신이 나 입속에 화수분이 들어 있는 듯 하염없이 쏟아 냈다. 딸은 빨리 언니네 집에 도착하기만을 속으로 기도할 뿐이었다. 택시 기사와 엄마의 수다는 언니네 집 앞에 와서야 끝이 났다.

"조심히 잘 다녀가세요. 말씀을 얼마나 재미있게 잘하시던지 오늘 정말 즐거웠어요. 아가씨도 직장 잘 다니구요."

"야, 고마워유, 기사 양반. 그런데 잘 내려갈려나 모르것어유. 야가 속을 썩이지 말아야 헐 틴데…."

택시가 골목을 다 빠져나가도록 엄마는 손을 흔들어 주었다. 친한 친구를 보내는 듯 아쉬움이 가득한 표정을 하고 말이다. 그날 엄마가 얼마나 창피했는지 모른다. 언니네 집 앞에서 엄마에게 악을 바락바락 쓰며 다시는 같이 다니지 않겠노라고 통보를 해버렸다.

세월이 흘러 그때 엄마의 나이가 되고 보니 웃음이 나온다. 지금 생각해 보면 엄마는 서울로 취직을 해서 올라간 내가 참으로 대견했으리라. 그래서 누군가에게라도 이야기하고 싶었을 텐데 그때는 엄마의 마음을 알지 못했다. 가끔 자식 자랑을 하곤 하는데 집에 와서 아이들에게 어김없이 지청구를 듣게 된다. 부모에게 자식은 희망이고 자랑이다. 하지만 자식은 그런 부모의 마음을 알지 못한다. 엄마가 되고 나서야 이해할 수 있는 부모의 마음, 그래서 자식들은 부모님이 돌아가신 다음에야 땅을 치며 후회를 하는가 보다.

풍수지탄, 자식은 효도를 하고 싶지만 부모는 기다려 주지 않는다. 요즘은 이 말이 왜 이리도 가슴에 와닿는지 모르겠다. 오늘같이 봄볕이 따사로운 날은 돌아가신 아버지와 엄마가 더욱더 그립기만 하다.

언니

10년 전, 엄마가 치매로 병원에 들어가시고 우리는 엄마와 함께 하는 김장은 끝이라고 생각했다. 친정엄마는 자식밖에 모르는 사람이었다. 한 포기라도 더 해줄 욕심에 텃밭에는 언제나 김장 배추와 무를 가득 심어 놓으셨다. 그것만 해도 100포기는 훨씬 차고 넘는데도 엄마는 이웃들의 김장을 도와주고 배추를 더 얻어 오시곤 했다. 그러다 보니 200포기 가까이 김장을 하게 되는 격이었다. 엄마는 자식들 힘들까 전날부터 아버지와 배추를 뽑아 절이고 마늘과 파 등 부재료를 다듬어 놓으셨다. 그다음 절인 배추를 씻는 것은 언니와 내 몫이었다. 워낙 양이 많다 보니 신새벽부터 씻기 시작한 배추는 오전의 반을 다 채우고 나서야 끝이 났다. 그렇게 시작한 김장은 그날 밤 늦은 시간에 마무리가 되었다.

친정에서의 김장은 엄마의 과한 욕심 때문이었는지 즐겁지가 않았다. 엄마가 돌아가시고 그다음 해부터는 절임 배추를 주문해 김장을 했다. 남편과 아이들이 함께하는 김장은 정말 재미났다. 아이들 줄 생각에 돼지고기 수육거리도 사다 놓고 양념도 미리 준비를 다 해 놓았다. 아마도 엄마가 우리를 생각했던 마음이 이런 것은 아니었을까 싶다. 김장은 저녁나절에 다 끝났다. 그런데 김치 맛이 문제였다. 양념도 엄마가 해주시던 것보다 더 많이, 더 좋은 것으로 했음에도 맛은 그것만 못했다. 그것은 바로 배추가 문제였다. 절임 배추를 잘못 구입한 것이었다. 며칠이 지나 꺼낸 김치는 물컹했고, 어떤 해는 배추가 고소한 맛이 없고 크기만 했다. 엄마가 키운 배추는 속도 꽉 차지 않고 크기도 적당했으며, 반으로 자르면 보이는 노란 속대가 정말 예뻤다. 맛은 또 얼마나 좋은지 달짝지근하면서도 고소한 맛이 났다. 엄마는 배추에 농약을 치는 법이 없었다. 배춧속에 있던 벌레는 당신이 직접 하나하나 다 잡아내곤 하셨다. 그렇게 키운 배추이니 얼마나 맛이 있었을까. 그것도 모르고 엄마의 욕심을 원망하곤 했었다.

그렇게 몇 년을 우리 집에서 아이들과 김장을 했었다. 그런데 몇 년 전 서울에서 살고 있던 언니가 형부의 시댁 동네에 농막을 지어 놓고 주말마다 내려오며 농사를 짓기 시작했다. 시부모님은 다 돌아가셨지만 그곳에 물려주신 땅이 제법 있었던 모양이었다. 농사짓는 것에 젬병인 나와는 다르게 언니는 시골에서 농사짓고 사는 것을 행복하게 여기는 사람이었다. 언니는 그곳에 이것저것 남새들을 많이도 심었다. 그러더니 급기야 이제는 배추까지 심어 놓기 시작했다. 언니가 시골에서 농사를 짓고 다음 해 김장을 했다. 처음 그 해는 그리 많지 않았다. 하지만 해가 지날수록 배추 포기 수가 늘었다. 작년에는 100포기 가까이 했다. 언니의 농사 솜씨는 엄마를 닮아서인지 야무지고 알차다. 배추도 엄마 배추처럼 속대가 노랗고 달짝지근한 게 맛있다. 앞으로 언니와 함께 김치를 해야 한다는 생각에 솔직해지기로 했다. 배추 좀 조금만 심자고. 김장을 즐겁게 하기 위해서는 언니의 넘치는 사랑도 줄여 줄 필요가 있다는 생각에서였다.

요즘 '김장'이 또 다른 '제사'라고도 한다. 명절이나 집안의 제사가 끝나고 나면 이혼율이 급증한다는 것처럼 김장 또한 시댁과의 골이 깊어지는 이유가 된다는 것이다. 김장이 우리의 전통문화임에는 틀림이 없다. 하지만 점점 간편화되어 가는 것이 트렌드가 된 젊은 세대들에게는 김장이 번거롭고 귀찮은 일이다. 시대가 변할수록 가치도 변하고, 문화 또한 변화를 겪을 수밖에 없다. 그렇다고 해서 김장의 문화를 외면하자는 얘기는 아니다. 소중한 김장의 문화도 지키고 젊은 세대와의 이해와 소통을 이끌 수 있는 다양한 방법을 모색하는 것이 김장을 중요시하는 우리 기성세대들의 몫이 아닐까 한다.

단풍나무 아래

가을 길을 지나는 중이다. 나무는 푸르던 잎들을 하나둘씩 아니 우수수 털어 낸다. 덜어 내고 비워 내야만 혹독한 겨울을 견뎌 낼 수 있다는 것도 안다. 하지만 참 모질기도 하다. 도로에 떨어져 뒹구는 잎들 중 더러는 누렇고 불그스레한 잎도 있지만 물들지 않은 채로 부지불식간에 떨어진 잎들이 대부분이다. 느닷없이 닥친 추위에 놀라 서둘러 월동 준비를 한 나무 탓이리라. 누구에게나 이별은 아픔과 서러움이 동반하는 일, 나무도 예외는 아닐 터이다.

갑자기 닥친 추위에 월동 준비를 서두른 것은 나무만이 아니다. 예년 같으면 11월이나 돼야 김장을 하는 집들이 대부분이었다. 올해는 추위가 일찍 온다는 말에 10월 중순부터 김장을 서둘러 담근 집들이 많았다. 우리 집도 11월이 되지도 않은 지난주에 김장을 마쳤다. 가을장마 탓에 배추는 무름병이 왔고, 갑작스러운 추위로 배추 포기는 단단하게 크지도 못했다. 그래도 더 추워지기 전에 하자는 언니의 성화에 못 이겨 김장을 했다. 다행히도 무름병이 온 배추는 그리 많지 않았다. 포기는 작았지만 고소하니 맛이 좋았다.

이상하게도 김장을 할 때면 엄마 이야기를 배춧속에 함께 넣고 버무리게 된다. 올해도 예외는 아니었다. 그도 그럴 것이 엄마와 했던 마지막 김장은 지금도 머릿속에서 지울 수가 없다. 자식사랑이 유별났던 엄마였다. 그중 오빠에 대한 사랑은 더 특별했다. 그날은 엄마의 모습이 불안하고 이상해 보였다. 무엇에 쫓기는 사람처럼 한자리에 있지를 못하고 부산스럽게 집과 김장을 하는 하우스를 오가셨다. 그때는 오빠네 김치도 우리가 해주어야만 했다. 오빠는 식성이 까다로워서 젓갈도, 영양가 있는 양념도 넣지 않은 단순한 김치를 담가야 했다. 그러니까 비린 것은 아예 들어가면 안 되었다. 그에 반해 언니네와 우리 집은 젓갈도 듬뿍 넣고, 육수도 꼭 끓여 물 대신 사용했다.

오빠네가 늦은 저녁에나 김치를 가지러 온다는 소식에 막내인 우리 집 김치부터 버무리기로 했다. 그때였다. 엄마가 나와 언니에게 욕설을 퍼붓기 시작했다. 그런 욕설은 듣던 중 처음이었다. 언니네 부부와 우리 부부는 할 말을 잃은 채 멍하니 엄마를 바라만 보았다. 생전 처음 보는 엄마의 모습이었다. 엄마는 우리가 오빠네 김치를 해주지 않을까 봐 불안했던 모양이었다. 할 수 없이 엄마가 보는 앞에서 오빠네 김치를 해놓고 나서야 엄마의 화가 누그러졌다. 그렇게 담근 김치는 엄마 때문이었는지, 아니면 정신이 나간 채 버무린 것 때문이었는지 이상하게도 맛이 없었다. 그리고 다음 해 봄, 엄마는 치매로 요양원에 들어가셨다. 2년 후 엄마는 돌아올 수 없는 먼 곳으로 떠나시고 말았다.

나무가 벌이는 잎들과의 매정한 이별을 보니 문득 엄마의 모습이 겹쳐진다. 정을 떼려 그러신 것일까. 엄마는 끝내 자식도 지운 채 텅 빈 모습으로 떠나셨다. 아직 물이 들지도 않은 푸른 플라타너스 잎들이 찻길에서 이리저리 바람에 끌려다니는 중이다. 그러다 차에 밟혀 조각조각 바스러지는 잎들이 부지기수다.

나무가 더없이 가벼워 보인다. 먼 길을 떠나기 위해 몸을 가볍게 만드는 새처럼, 혹독한 겨울을 이겨 내기 위해 잎들을 떨궈 내는 나무처럼 우리도 그렇게 버리고 비우며 살 수는 없을까. 끝이 없는 욕망과 이기심을 채우려 오늘도 아등바등 살아가는 우리들에게 나무는, 자연은 온몸으로 울부짖으며 보여 준다.

언제였던가. 어느 온천장 앞에서 붉은 단풍나무를 붙잡고 환하게 웃고 계시던 엄마가 생각난다. 엄마와 함께했던 그 가을이 몹시도 그리운 걸 보니 아무래도 나무를 닮기에는 그른 모양이다.

항아리

너무 크지도 작지도 않은 항아리들이다. 작은 연못 옆에 자리한 장독대는 남편이 만들었다. 10년 전 집을 새로 지을 때 집터를 고르면서 나온 크고 작은 돌들을 일일이 짜 맞추었다. 장독대뿐 아니라 연못 주변의 바닥도 돌들로 만들어 놓았다. 그것만 보아도 남편의 꼼꼼한 성격을 알 수 있다. 강돌이 깔린 마당과 남편이 만든 연못 주변의 돌바닥은 제법 잘 어울린다. 비가 오는 날은 바닥으로 떨어지는 물방울이 돌에 스며들어 그 운치를 더한다.

장독대는 아침부터 저녁까지 해가 제일 오랫동안 머물다 간다. 사실 처음 장독대를 만들고 그곳에는 작은 항아리 몇 개만 놓였다. 직접 장을 담그지 않았으니 큰 항아리가 굳이 소용이 없었다. 어쩌면 잦은 이사도 그 원인 중에 하나였을 테다. 그동안 친정엄마와 시어머님이 주시는 장들을 조그만 항아리에 넣어 먹는 게 고작이었다. 그런데 우리 집이 다 완성되던 그해 가을 친정엄마는 2년여 동안 치매를 앓다 돌아가시고 말았다. 그리고 친정집 물건들을 정리하면서 장독대에 있던 항아리 몇 개를 우리 집으로 가져다 놓았다. 어엿한 장독대와 항아리를 보니 장을 만들어 먹어야겠다는 마음이 생겼다.

어느 해 봄, 큰 딸아이와 장을 담그기로 했다. 먼저 항아리들을 수돗가로 옮겼다. 항아리들은 너무 크지도 작지도 않은 것들로만 골라 와서 그런지 옮기기가 수월했다. 한데 항아리들을 씻으려 살펴보니 멀쩡한 게 없다. 가져올 때 자세히 보지 않았던 모양이다. 못생겨도 이리 못생겼을까. 주둥이가 비뚤지 않으면, 옆구리가 쑥 들어가 있고, 바닥도 울퉁불퉁하여 제대로 서 있지도 못하는 것이 있는가 하면, 금이 가 땜질을 한 항아리도 있다.

어린 시절, 옆 동네에는 항아리를 굽는 가마가 있었다. 가난했던 우리 집은 살림살이를 살 수 있는 형편이 아니었다. 아마도 어머니는 그곳 옹기장이에게 항아리를 헐값에 샀든지 아니면 거저 얻어 왔지 싶다. 그렇지 않고서야 항아리들의 못생긴 모습을 이해할 수가 없다. 지금 생각해 보면 어머니는 장 담그는 것을 그리 중요하게 여기지 않았던 듯하다. 그 시절 어머니의 하루는 해보다 더 빨리 시작되었고 달보다 더 늦게 마감되었다. 땅 한 뙈기 없던 우리 집 살림에 남의 집 일로 하루하루를 살아가야 했던 그때 어머니에게 하루는 너무도 짧았을 것이다.

항아리가 말을 한다. 비뚤어지고, 휘어지고, 금이 가 땜질도 하고, 제대로 서 있지도 못 했던 그 많은 어머니의 삶을 말이다. 금이 가서 물이 새는 것들은 화단과 마당의 경계에 놓았다. 그 위에 늘어지는 화초를 올려놓으니 제법 그럴싸한 화분 받침이 되었다. 그리고 비뚤거나 휘어졌더라도 물이 새지 않는 것들은 장을 담아 놓는 항아리로 쓰기로 했다. 아프도록 못생겼지만 그 항아리에 담은 장의 맛은 그 어디에도 없는 맛이 될 것이라 믿었다.

몇 달이 흐른 뒤 된장을 맛보았다. 항아리 때문일까? 아니면 딸아이와 나의 정성 때문일까? 장맛이 일품이었다. 처음 담가 본 된장이었다. 그런데 이렇게 맛이 좋다니. 아마도 그건 햇볕이 잘 드는 장독대와 투박하고 못생겼지만 여전히 성능은 좋은 항아리, 그리고 사람의 정성이 빚어낸 솜씨이리라.

올해도 이틀밖에 남지 않았다. 올 한 해는 모든 사람들에게 끔찍이도 두렵고 무섭고 답답한 해였다. 내년에도 이 사태는 어느 정도 지속되리라 본다. 그래도 우리는 또 견뎌 낼 수 있을 것이다. 그것은 투박하고, 서툴고 때론 어긋나기도 하지만 언제나 따뜻하게 데워 주는 가족의 사랑이 있기 때문이다. 일기 예보에 오후부터 눈이나 비가 온다더니 하늘이 잔뜩 찌푸려 있다. 저녁에는 못생긴 항아리에서 떠 온 된장 한 순갈을 넣고 끓인 배춧국으로 헛헛한 마음을 달래야겠다.

아버지의 의자

먼 기억을 소환하는 일은 가끔 명치끝을 저릿하게 만드는 일이기도 하다. 아버지를 생각할 때는 더더욱 그렇다. 젊은 시절 허랑한 삶을 사셨던 아버지로 인해 어머니의 하루하루가 얼마나 고통스러웠는지 우리 자식들은 너무도 잘 안다. 그렇게 세상을 떠돌던 아버지가 집으로 들어와 안착을 하신 건 언니를 낳고부터였다. 그때 이미 어머니는 여러 명의 자식을 가슴에 묻은 뒤였다. 그러니 어머니에게 아버지는 더 이상 기대고 싶지도, 살갑게 대하고 싶지도 않은 사내일 뿐이었다.

아버지가 집으로 들어온 뒤에도 어머니의 생활은 그리 녹록지 못했다. 아버지는 놀음을 손에서 놓지 못하고 단칸방이었던 우리 집으로 사람들을 끌어들이곤 했다. 초등학교도 들어가기 전, 어렴풋이 기억나는 일이 있다. 아버지가 동네 구멍가게에 가서 막걸리를 받아 오라 하면 왜 그리 좋았는지 덥석 돈을 받아 들고는 신이 나서 뛰어나가곤 했다. 주전자가 땅에 끌릴까 말까 하며 받아 온 막걸리는 힘에 겨워 이리 쏠리고 저리 쏠리는 바람에 늘 반실이었다. 그렇게 좁은 방에서 노름이 벌어지는 날에는 방에도 잘 들어가지 못했지만 나는 너무 좋았다. 매일 같이 보리쌀에, 나물죽만 먹었던 날이 허다했지만 그날은 라면을 먹을 수 있었기 때문이었다. 어머니의 속이 어떨지 까마득히 몰랐다.

그렇게 노름으로 어머니의 애간장을 끓이시던 아버지도 어느 해부턴가 달라지기 시작했다. 그것은 동네에서 조금 떨어진 외딴집이 딸린 사과 과수원을 도지로 부치면서였다. 비록 완전한 우리 집은 아니었지만 그래도 사과 과수원을 하는 동안 편하게 지낼 집이 생겼으니 우리는 뛸 듯이 기뻤다. 방도 세 칸이나 되었다. 그때 아버지와 어머니는 정말 열심히 사과 과수원을 운영하셨다. 지금도 그 시절 과수원집 풍경은 잊을 수가 없다. 사과나무가 밭의 대부분을 차지했지만 언덕배기에는 자두나무와 배나무도 있어 과일을 실컷 먹었다. 과수원은 정말 커서 가운데를 가로지르는 길이 나 있었다. 그 길 사이에서 아카시아나무와 뽕나무가 울타리가 되어 주었다. 그리고 오래되어 고사한 나무에서 가을이면 버섯도 자라났다. 어머니가 그 버섯으로 찌개를 끓여 주셨는데 이때껏 그보다 맛있는 찌개는 맛보지 못했다. 누런 암송아지와 닭, 강아지와 고양이도 한 가족이었다. 닭은 넓은 과수원에서 새끼들을 데리고 다니며 땅을 되작여 벌레들을 잡기 바빴고, 강아지도 이리저리 뛰어다니느라 하루가 모자랐다. 아버지는 과수원에서 제일 지대가 높은 곳에 원두막을 지어 놓으셨는데 그곳에서는 넓은 밭이 한눈에 들어왔다. 한여름 밤이면 나는 아버지와 종종 원두막에서 자곤 했다. 그 원두막에 누우면 깜깜한 밤하늘에 펼쳐진 수많은 별들이 우수수 떨어질 것 같았다. 또 원두막 안으로 뻗은 나뭇가지에는 제법 실한 사과가 매달려 있곤 했는데 그것을 따 옷에 쓱쓱 문질러 먹으면 얼마나 달고 맛있는지 모른다.

과수원으로 인해 우리 집 살림이 조금 펴졌을 때도 아버지는 큰아들밖에 모르셨던 분이었다. 그로 인해 언니는 초등학교를 나와 공장에 들어갔고, 작은 오빠도 중학교를 끝으로 직장을 찾아 서울로 올라갔다. 나 또한 중학교를 졸업하자 아버지는 고등학교 진학을 못 하게 막으셨다. 하지만 언니 오빠와 다르게 고집불통이었던 나는 어머니의 도움으로 여상에 들어갈 수 있었다. 그런데 어느 날 아침, 학교에 가려고 마루를 내려서는데 아버지가 책가방을 빼앗아 불씨가 남아 있는 아궁이에 욱여넣고 말았다. 놀란 어머니는 아궁이에서 책가방을 빼내 닦아 주셨지만 이미 책가방은 쭈글쭈글해진 뒤였다. 그 가방을 들고 첫차를 타기 위해 가는 길이 왜 그리 멀게 느껴지던지…. 그때 언뜻 올려다본 하늘이었다. 새벽별이 눈물인 듯 깜빡였다. 그 순간 얼마나 서럽게 울었는지 모른다. 뿐만 아니라 엄마는 새벽마다 등록금이며 육성회비를 빌리러 이 집 저 집 돌아다니곤 하셨는데 그 모습을 보는 것이 정말 고통스러웠다. 결국 큰오빠 덕분에 산업체 학교로 전학을 갔고 내 힘으로 학교를 마쳤다.

그때는 정말 아버지가 얼마나 원망스러웠는지 모른다. 세월이 흘러 아버지는 치매라는 못된 병으로 또다시 어머니를 힘들게 하셨다. 아버지의 병수발은 온전히 어머니의 몫이었다. 그런데 이상한 일이었다. 대소변도 못 가리는 어린아이가 되어 버린 아버지를 돌보느라 힘들어하실 줄 알았는데 이상하게도 그때만큼 어머니가 행복해 보이던 때가 없었다. 두 분은 어디를 가나 손을 꼭 잡고 다니셨는데 동네에서는 늙은 신혼부부로 소문이 자자했다. 짐작건대 아마도 집 밖으로만 나돌던 아버지가 비로소 당신에게 의지하는 것이 좋으셨던 건 아닐까 하는 생각이 든다. 아버지는 한 달에 한 번 청주로 병원에 다니셨다. 그 일은 내가 맡아서 했다. 병원 가는 날을 얼마나 기다리셨는지 아버지는 그때마다 아침 일찍 대문 앞에 의자를 놓고 앉아 계셨다. 이제나저제나 딸의 차만을 기다리며 대문 앞 의자에 앉아 계시던 모습이 아직도 눈에 선하다. 이제는 이 세상에 계시지 않는 두 분이 오늘따라 사무치게 그리운 건 왜일까.

깊은 밤, 개구리와 풀벌레 소리만이 이 밤을 밝히고 있다. 비라도 오려는 걸까. 바람이 부는 하늘엔 별들도 꼭꼭 숨었다. 아, 어느새 나는 아버지와 어머니를 잃은 미아가 되고 말았구나.

7

인연의 색

인연의 색

참 고운 날이었다. 가슴에 안고 있던 파스텔 톤의 꽃다발만큼이나 환한 미소를 띤 C가 아들과 함께 기다리고 있었다. 보기만 해도 미소가 절로 나는 사람이다. 아들과 딸아이 그리고 C와 저녁을 함께 먹기로 했다. 그날은 서울에서 문학회 모임이 있었다. 모임이 끝나고 아들과 딸이 있는 집으로 가면서도 C를 만난다는 생각에 가슴이 두근거렸다. 한 사람이 다른 사람의 마음으로 들어간다는 것이 때로는 가슴 벅찬 일이기도 하다.

C를 처음 만난 건 2년 전이었다. 아들은 사랑하는 사람이 생겼다고 했다. 사실 그동안 남편과 나에게는 말하지 않았지만 느낌으로 알았다. 집으로 내려오면 바깥에서 하는 누군가와의 통화가 한참 길어지기도 했고, 일이 바빠 집에 오지 못한다는 답도 들었던 차였다. 부모는 눈빛만 봐도 알 수 있는 것이 자식의 마음이라는

것을 아마도 모를 것이다. 나도 그 눈빛을 우리 부모님에게 들켰다는 것도 모른 채 결혼을 했으니까.

남편과 1년여를 만난 끝에 결혼을 했다. 그 1년 동안 정말 많은 일이 있었다. 사실 나와 남편은 서로에게 콩깍지가 씌어 있어 주변의 상황은 보이지 않았다. 하지만 양가 부모님은 달랐다. 시부모님의 오해는 우리 친정 부모님의 화를 돋우었고 급기야 나는 지금의 남편과 헤어지기로 결심을 한 채 서울로 올라가 버렸다. 남편은 혼자 남아 시댁과 나의 친정집을 오가며 결혼 허락을 받아 냈다. 그럼에도 서울에서 내려오는 것이 망설여졌다. 아마도 미래에 대한 두려움 때문이었을 것이다. 그때는 몰랐지만 지금 생각해 보면 언뜻언뜻 엄마가 나를 보시던 눈빛이 참 슬펐다는 생각이 든다. 그렇게 고작 1년간 남편을 만나고 서로를 제대로 알지도 못한 채 결혼을 했다. 그러니 결혼 생활이 어찌 쉬울 수 있었을까.

큰 딸아이도 내년이면 결혼을 한다. 어떻게 그리도 좋은 사람을 만났는지 대견할 뿐이다. 서로를 존중해 주고 아껴 주는 모습이 너무도 예쁘다. 그러고 보면 사람을 만나고 관계를 이어 가는 일은 삶의 색을 완성해 가는 것이란 생각이 든다. 언젠가 지인이 한 말이 스쳐 지나간다. 인연의 색은 제각각이어서 모두 다른 모양의 사랑을 한다는 것이다. 좋은 인연, 나쁜 인연 할 것 없이 느껴지는 감정의 폭이나 깊이는 다르다.

C를 처음 본 순간을 얘기하라면 연한 보랏빛과 분홍빛이 어우러진 색이었다고 말하고 싶다. 통통 튀는 말투와 환하게 웃던 얼굴

에서 미쁜 마음까지 느꼈다. 2년이 흘렀음에도 여전히 C는 달라지지 않았다. 그날 우리는 저녁을 먹고 영화도 보러 가기로 했다. 영화가 시작되기까지 시간의 여유가 있었다. C는 나에게 보여 드리고 싶은 게 있다며 근처 백화점으로 우리를 이끌었다. 그곳에는 성탄절 맞이 대형 크리스마스트리가 설치됐다. 생전 처음 직접 맞닥뜨린 초대형 트리였다. 트리를 가까이서 보기 위해 입장하는 곳에 줄을 섰다. 하지만 마감시간이 되었다며 관리인들이 막아섰다. 아쉽지만 그냥 돌아가려는데 C가 그냥 가면 안 된다며, 관리인에게 다가가서는 한참 동안 설득을 했다.

시골에서 올라온 어머니인데 꼭 보여 드리고 싶다며 두 손을 모으고 간절하게 부탁하는 모습에 관리인의 마음이 움직인 모양이었다. 다른 사람들 눈도 있으니 빨리 사진만 찍고 나오라며 허락을 해주었다. C는 내 손을 꼭 잡아 대형 크리스마스트리 앞에 세우고는 이렇게 저렇게 사진을 찍어 주었다. 그 모습이 얼마나 예쁘던지, 가슴이 참 따뜻했던 순간이었다.

우리는 하루하루를 살면서 많은 사람들과 인연을 맺기도 하고 끊기도 한다. 또한 그 인연들에게 상처를 주거나 받기도 하고, 사랑을 주거나 받는 관계로 이어지기도 한다. 그런데 대부분 그 모든 관계는 결국 자신의 마음이나 행동으로 낳는 결과이다. 마음속에 어두운 것이나 숨기고자 하는 것이 그득하다면 언제고 진실은 드러나고야 만다. 반면 마음이 밝고 따뜻함이 가득한 사람은 그것이 말과 모습에서 우러나와 상대를 저절로 사랑으로 이끌게 된다.

인연의 색, 참 묘하다는 생각이 든다. 생각해 보면 그동안 똑같은 인연은 하나도 없었다. 미묘한 차이지만 모두 다른 모습과 색으로 내 주위를 스쳐 지나갔고, 지금도 여전히 곁에 머무는 인연도 있다. 내게 머무는 인연을 두고 왜 좋은지를 딱 설명할 수는 없지만 어렴풋이 느낌은 안다. 나와 비슷한 색을 가진 인연이다. 각자의 색은 진하지 않지만 서로에게 스며들어 만들어 내는 빛은 오묘하게 빛나는 고운 빛이라고 말하고 싶다.

옆집의 재발견

시원섭섭하다는 말을 이럴 때 써야 할까. 주인도 없이 몇 년째 방치되어 있던 옆집이 헐렸다. 옆집은 10년 전 주인이 청주로 이사를 가고 뜨내기들이 세를 들어 살았다. 그러던 것이 5년 전부터는 세를 얻는 이가 없어 빈집인 채로 몇 년이 흘렀다. 2년 전쯤이었나. 군(郡)에서 옆집을 사들였다는 소리가 들렸다. 5년 전 우리 마을이 도시재생 지역으로 확정이 되어 작년부터 여기저기 개발이 한창이다. 우리 옆집도 재생사업의 장소 중 하나인 모양이었다.

그동안 옆집에 대한 흉흉한 소문이 돌기도 했다. 폐가에는 으레 사람들의 입에 오르내리는 그럴듯한 무서움과 두려움이 있게 마련이다. 특히 남의 눈을 피해 숨을 곳을 찾아드는 이들에게 옆집은 안성맞춤의 장소였다. 햇살이 뜨겁던 날이었다. 우리 집과 텃밭이 붙어 있는 이웃집의 아주머니가 나를 보자 밭에서 일하시다 말고 와서는 속삭이듯 빈집에 남자가 산다고 귀띔을 해주셨다. 그 사람을 보지 못했음에도 그날부터 왠지 빈집에 인기척이 느껴진다는 생각에 불안감을 떨칠 수가 없었다. 내 방 창문에서 바로 옆집이 보였기 때문에 언제나 그쪽으로 귀를 쫑긋하고는 잠이 들기도 했다. 어떤 날은 불안한 마음에 새벽녘까지 잠을 설쳤다.

그것은 아마도 이태 전 보았던 뒷집의 그 남자가 생각났기 때문이리라. 우리 뒷집도 할머니가 요양원으로 떠나시고 몇 년째 방치되어 폐가가 되어 버렸다. 그런데 그곳에 한 남자가 숨어 살고 있었다는 것은 그 누구도 알아차리지 못했다. 그 남자는 꽤 여러 달 동안 뒷집에서 기거했다. 그때도 이웃집 아주머니가 우연히 발견하고는 나에게 알려 주셨다. 남편과 이장님은 그날로 그 남자를 뒷집에서 쫓아냈다. 경제사범으로 쫓기고 있다는 그 남자는 비쩍 마른 몸에 늘어진 티셔츠를 입은 채 퀭한 눈을 했다. 요 며칠 혹시나 그 남자가 다시 우리 옆집에 몰래 들어 살고 있는 것은 아닐까 하는 생각도 수없이 했다. 다행히 이웃집 아주머니의 귀띔을 들은 지 며칠 안 되어 옆집이 헐리게 되었다.

사람이 살지 않는 옆집은 그동안 사람에게만 열린 공간은 아니었다. 옆집의 넓은 옥상은 우리 집을 드나드는 길고양이들의 놀이터가 되기도 했고, 지나가던 개들의 호기심을 유발하는 장소이기도 했다. 어디 그뿐일까. 혈기 왕성한 거미는 옆집 뒤란에 거대한 집을 짓고 포식자로서의 위엄을 떨치기도 했다. 다행인지 불행인지 옆집은 앞, 뒷마당이 모두 콘크리트로 되어 있어 초록 생명들에게까지 기회의 땅이 되지는 못했다. 그래서인지 초목으로 뒤덮여 금방이라도 무너질 듯 위태로운 뒷집과는 다르게 옆집은 겉으로 보기에는 탄탄해 누군가 당장이라도 살아도 될 만큼 온전했다. 다만 대문 앞에 펼쳐진 풀에 뒤덮인 텃밭과 무너진 담장만이 주인이 부재중이라는 것을 알려 주었다.

딱 하루 반이었다. 몇십 년 동안 사람이 살았던 집이 없어지는 시간은 너무도 짧았다. 제일 먼저 쓰러진 건 집 앞을 지키던 늙은 자두나무였다. "빠지직! 우지직!" 귀를 찢는 소리에 놀라 뛰쳐나갔다. 늙은 자두나무의 비명이었다. 거대한 포클레인의 앞발에 사정없이 찢기고 부러져 결국에는 뽑혀 나가는 모습을 우두망찰했다. 아마도 그 늙은 자두나무를 알고 있는 사람들은 그리워 애달프다하리라. 봄이면 수줍은 듯 하얀 꽃을 밝히고, 늦여름엔 탐스러운 노란 열매로 지나가던 이에게 새콤달콤 행복을 나누어 주던 그 늙은 자두나무가 지금 먼 추억 속으로 사라지고 있는 중이다. 어제부터 들리던 거대한 포클레인의 굉음과 트럭들의 엔진 소리는 오늘 점심 때가 되니 들리지 않았다. 옆집은 사람이 살던 집이 맞나 싶게 넓은 공터가 되어 버렸다. 그동안 이런저런 불편함으로 내심 헐리길 바랐음에도 막상 뜻대로 되고 보니 오히려 신경을 써야 할 일이 많아졌다. 옆집의 담이 가려 주고 있었던 우리 집 마당과 정원, 연못, 그리고 거실까지 이제는 동네 사람들의 구경거리가 되고도 남겠다는 생각이 들었다. 그동안 마당에 풀이 자라도 그것을 가려주는 옆집으로 인해 적당히 게으름과 타협이 가능했지만 이제는 어림도 없는 일이다. 당장 오늘 새벽부터 부지런을 떨어야 했다. 마당에 풀이며, 연못에 여기저기 나고 자란 골풀과 부들까지 정리를 하고 나니 조금은 안심이 되었다. 옆집이 있고 없고의 차이가 이리도 하루를 고단하게 할 줄이야. 든 자리는 몰라도 난 자리는 안다더니 벌써부터 옆집이 이리도 그리울 수가 없다. 아, 그때는 왜 몰랐단 말인가.

지음(知音), 다르지만 같다

지음, 이 말은 중국 고사에 나오는 백아와 종자기의 이야기에서 유래한다. 백아가 거문고를 타면 종자기는 백아가 어떤 마음으로 연주를 하는지 단박에 알아보았다. 하지만 자신의 마음을 읽어주고, 음을 알아봐 주던 진정한 벗 종자기가 죽자 백아는 거문고의 줄을 끊어 버리고 다시는 연주를 하지 않았다고 한다. 그만큼 진정으로 서로의 마음을 알아주는 벗을 만나기란 쉬운 일이 아님을 백아와 종자기의 이야기가 잘 말해 준다.

그럼에도 나는 요행히 지음지교가 있다. 오래된 친구다. 1년에 서너 번 만나 밥을 먹고 차도 마시며 담소를 나누는 사이다. 어떤 때는 영화를 보기도 하고 몇 년에 한 번씩 둘이 여행을 가기도 한다. 사는 곳이 차로 한 시간 거리에 있어 자주 만날 수는 없다. 거리가 멀기도 하지만 우리 둘 모두 이것저것 하는 일이 많아 시간을 맞추는 게 쉽지가 않다. 자주 만나지는 못해도 우리는 서로를 지음이라 여긴다.

그 친구를 만난 건 20년 전쯤 방송대학에서다. 둘 다 공부하는 것을 좋아해 조금 늦은 나이지만 정말 즐겁게 공부를 했다. 문예창작을 공부한 그 친구는 국문학을 좀 더 깊이 공부하고 싶었는지 편입을 했고, 나는 국문학에 대한 꿈을 잊지 못해 시작한 공부였다. 우리는 대학을 마치고 몇 년 후 대학원에 진학했다. 물론 사는 곳도 다르고 추구하는 것도 다르니 대학도 과도 달랐다. 친구는 주로 외국인을 대상으로 한국어를 강의하는 일이 많기에 석사와 박사과정 모두 외국어로서의 한국어교육을 전공했다. 나는 석사과정만 마쳤는데 현대소설 전공이었다. 우리 둘은 강의도 많지만 여전히 글도 열심히 쓴다.

우리는 성향도 조금 다르다. 하지만 서로가 무엇을 원하는지는 눈빛만 보아도 안다. 몇 년 전 친구와 곰섬이라는 곳으로 여행을 갔다. 바닷가에서 서로가 좋아하는 돌을 줍기로 했다. 서로 주운 돌을 보고는 한참을 웃었다. 친구 손에는 되알지게 여물어 보이는 다섯 알의 돌이 들려 있었다. 그에 반해 내가 주운 돌은 두 손으로 들어야 할 만큼 큰 돌이었다. 거무죽죽한 돌은 거북의 형상을 했다. 거북이 등딱지처럼 갈라진 등과 머리, 뾰족한 꼬리가 내 눈을 사로잡았다. 그렇다고 온전한 형상은 아니다. 비뚤어지고 모난 돌이었다. 자신이 주운 돌만 보아도 성격을 짐작할 수 있다. 조용하면서도 꼼꼼한 친구는 자신의 일만큼은 똑 부러지게 해내는 소유자다.

하지만 나는 덜렁대는 성격에 실수가 많고, 자기주장이 강해 예전에는 사람들과 부딪히는 일도 많았다. 살아온 시간이 거저는 아닌지 다행히도 지금은 유순한 사람이라는 평을 듣고 산다.

따뜻한 차를 마시는 중이다. 오늘은 한 달여 만에 그 친구를 만났다. 방금 전 청국장과 김치비지찌개를 먹고 난 후이다. '두 남자와 어머니 청국장'이라는 식당 이름에 끌려 들어간 집이었는데 벌써 두 번째다. 그리고 근처를 산책하다 알게 된 카페에서 우리는 또 서로의 마음을 읽는 중이다. 친구는 카페 주인이 만들었다는 따듯한 수제 레몬차를, 나는 언제나 그렇듯 따뜻한 아메리카노를 마신다. 그런데 친구가 슬그머니 일어서더니 따뜻한 물 한 컵을 가져와서는 자신의 찻잔과 내 커피 잔에 부었다. 커피가 좀 진해 속이 거북하던 차였다. 어느새 내 마음을 읽었을까. 카페 창밖에는 겨울 된바람이 불고 있는 모양이다. 나무 옆에서 동사한 풀이 눈에 들어왔다. 지난번 이 카페에 들렀을 때만 해도 풀들은 푸른 잎을 자랑했었다. 이별의 모습은 저리도 아픈 것이라고 생각하면서 친구를 바라봤다. 그런데 나만이 그런 생각을 한 모양은 아니었다. 창밖을 바라보는 친구의 눈빛과 얼굴에서도 쓸쓸함이 묻어났다. 그렇게 몇 시간을 그곳에서 능놀다 거리로 나왔다. 그리고 우리는 허전한 마음을 채우려 쓸쓸한 가을 은행나무 길을 한참이나 천천히 걸었다.

시인의 꽃

들판은 어느새 농익은 가을빛이다. 차창 밖으로 펼쳐지는 황금 들녘이 가슴 뿌듯이 들어온다. 문득 황금 들녘을 보면서 엉뚱한 생각이 들었다. 농부는 당연히 수확의 기쁨에 가슴이 벅차겠지만 시인은 어떤 마음으로 가득할까. 아마도 혹독한 겨울을 보지는 않을까. 같은 것을 보아도 느끼는 것은 다르다. 그것은 그 사람의 삶의 태도에 따라 내면에서 일어나는 알 수 없는 반응이기 때문이다.

얼마 전 검정고시 수업에서 김춘수의 〈꽃〉을 이해하는 시간이 있었다. 나는 수업에 앞서 그 작품에 대한 배경 이야기를 검색해 보고 학생들이 좀 더 쉽게 받아들일 수 있도록 준비를 한다. 작품에 대한 이야기를 듣다 보면 공감을 하게 되고 이해하기가 쉬울 것이기 때문이다. 국어는 특히 암기력보다는 이해력이 필요한 과목이다. 물론 나이가 어린 학생이라면 암기가 그리 어려운 일이 아니겠지만 나의 수업을 듣는 학생들은 대부분 나이가 지긋한 어르신이다. 수업 진도도 빠르지 않게 한다. 작품 하나하나에 대한 이야기가 길다 보니 늦어질 수밖에 없다. 첫 수업을 시작하기 전 언제나 같은 이야기를 공지한다. 수업의 속도가 다소 느릴 것이니 너무 어려워하지 않으셔도 된다고 말이다. 대개 첫 수업을 들어가 보면 어르신들의 얼굴에는 긴장한 기색이 역력하다. 그렇게 시작된 수업이 어느 정도 무르익어 가면 어르신들은 국어는 어려운데 국어 수업은 재미있다고 말씀하신다. 마치 옛날이야기를 듣는 것 같다고 하셨다.

김춘수의 〈꽃〉은 1950년대에 발표된 시이다. 인터넷 백과사전에 검색해 보니 〈꽃〉은 1952년 ≪시와 시론≫에 발표된 김춘수의 연작시 중 하나라고 한다. 6·25 동란이 아직 그 결말을 짓지 못하고 있을 때 판잣집인 임시 학교에서 김춘추 시인은 교사로 재직했었다. 어느 날 방과 후 어둑어둑해질 무렵이었다. 그는 판잣집 교무실에 혼자 앉아 있었는데 저만치에 꽃 두어 송이가 유리컵에 담겨 책상머리에 놓여 있었다. 그걸 한참 동안 인상 깊게 바라보고 있노라니 어둠이 밀려오는 분위기 속에서 꽃들의 빛깔이 더욱 선명해지는 듯했다. 그 빛깔이 눈송이처럼 희었다. 이런 일이 있은 지 하룬가 이틀 뒤에 〈꽃〉이란 시를 쓰게 되었는데 시인은 힘들이지 않고 시가 써졌다고 소회를 밝혔다.

작가가 작품을 쓸 때는 반드시 사연이 있는 법이다. 그 작품에 대한 작가의 생각을 알게 되면 작품이 한결 쉽게 이해가 되고 공감이 된다. 김춘수의 〈꽃〉에 대한 배경 이야기를 들려주니 어르신 학습자들 중에는 그윽한 눈빛으로 고개를 주억거리시는 분들이 많았다. 아마도 1950년대라는 격정의 시간을 지나온 분들이기 때문이란 생각이 들었다.

작가들은 자신의 삶을 서로 다른 방법으로 이야기한다. 시인은 은유로, 소설가는 스토리로, 수필가는 경험이 바탕이 된 깨달음으로 독자들에게 펼쳐 놓는다. 하지만 어떤 작품은 독자들에게 쉬이 읽히지 못하기도 한다. 독자들은 알 수 없는 작가만의 심연이 있기 때문이다. 그렇다고 하더라도 작가들은 실망하지 않는다. 자신의 온전한 삶이 들어간 작품이니 누군가는 공감을 해줄 것이고 반대로 비판을 하는 이도 있기 마련이다.

황금 들녘이 풍성해 보이는 것도, 풍성한 그 들녘이 혹독한 겨울을 보여주는 것도 어찌 보면 같은 이치라는 생각이 든다. 때로는 보이지 않는 세상이, 당장 눈앞에 펼쳐진 세상보다 더 깊고 넓을 수도 있다. 그런 일들이 왕왕 있어 왔지 않던가. 그러니, 꽃병에 꽂힌 꽃이 시인의 눈에는 추상적인 존재가 될 수 있었지 않았을까.

깨가 쏟아졌다

비가 온다는 소식 때문일까. 아침부터 하늘색이 무겁다. 앞집의 텃밭도 어느새 가을이다. 200평 남짓한 텃밭은 봄부터 가을까지 계절에 따라 작물이 바뀌며 풍성했다. 텃밭을 가꾸는 사람은 여럿이다. 노느매기한 자신들의 작은 땅에 각자 작물을 심었다. 봄에는 고추, 옥수수, 고구마, 참깨, 토마토, 오이, 호박, 가지, 상추를 심어 놓고 새벽부터 밭을 다녀가는 소리가 부산했다. 그렇게 텃밭이 무성해지고 여름이 거의 끝나갈 무렵인 8월에서 9월이 되자 이번에는 가을 작물들이 심어졌다. 고춧대를 서둘러 뽑아낸 자리에는 김장 배추와 무, 쪽파가 자리하고 담장 역할을 톡톡히 해 주던 옥수숫대가 사라진 자리는 동부로 교체되었다.

요양원에서 몇 년을 지내시던 앞집 할머니가 돌아가시자 동네 사람들 중에는 텃밭을 욕심내는 사람들이 많았다. 텃밭치고 꽤 넓기도 하고 자신들의 집과도 지척이니 그럴 만도 하다. 무엇보다 수도가 있으니 작물에 줄 물을 공급하기도 용이하다. 푸성귀를 키우기에 이보다 좋은 조건은 없어 보였다. 할머니가 돌아가시고 사위가 앞집을 물려받았다는 소문이 돌았다. 사위는 이곳과 거리가 먼 도시에 살기에 먼 친척뻘 되는 사람이 대신 관리를 한다고 했다. 언제나 흰콩만 자라던 할머니의 텃밭은 주인이 바뀔 때마다 작물의 종류와 가짓수가 달라졌다.

작년까지 이태 동안은 서울이 집이라는 남자가 우리 골목에 세를 얻어 지내면서 농사를 지었다. 주말이면 부인까지 내려왔다. 고추와 들깨, 대파가 주 작물이었다. 대파는 고추와 들깨 경계쯤에 꽤 많이 심었다. 그런데 작물들을 가만히 보니 키만 컸지 실하지가 않았다. 하루가 멀다 하고 농약을 그리 많이 쳤음에도 고추는 탄저병으로 말라 갔고 들깨는 장대같이 크기만 했다. 그나마 대파는 농약의 영향인지 벌레도 하나 없이 실했다. 김장 무렵 부부는 대파를 어느 곳에 판매를 하는 듯 보였다. 하지만 부부는 더 이상 텃밭을 차지하지 못했다. 아마도 동네에서 인심을 잃었기 때문으로 짐작이 갈 뿐이다.

올해는 우리 골목의 할머니 몇 분이 텃밭을 차지하셨다. 할머니들은 얼마나 노련한지 농약을 치지 않았음에도 작물들이 무럭무럭 잘 자랐다. 작물은 주인의 발걸음 소리로 자란다는 말이 맞는가 보다. 첫새벽이 되기도 전에 앞집의 텃밭은 할머니들의 웅성거림으로 깨어난다. 아침잠이 많은 나도 언제부턴가 일찍 눈이 떠졌다. 열린 창틈으로 들려오는 할머니들의 들뜬 수다가 귀를 저절로 쫑긋

거리게 만든다.

요즘은 텃밭이 군데군데 휑해졌다. 고구마를 캐낸 자리는 줄기가 뭉텅뭉텅 널브러져 있어 다른 작물이 들어서지 않았고, 베어 낸 들깨는 아직 덜 익어서인지 단으로 묶어 밭에 두었다. 이제는 가을걷이도 끝나 가는 모양이다. 그래서인지 할머니들의 발걸음도 뜸해졌다. 그런데 요즘 텃밭이 심상찮다. 오늘 아침에 우연히 목격한 광경에 할 말을 잃고 말았다. 깻단 주변에 다글다글 모여 있는 것이 보였다. 가만히 보니 참새 떼와 비둘기 두 마리가 먹이를 먹느라 정신이 없었다. 참새는 한두 마리가 아니었다. 인기척을 느꼈는지 참새 떼가 후드득 날아올랐다. 어림잡아 30~40마리는 족히 되고도 남지 싶다. 역시 참새는 몸도 마음도 가볍다. 겁이 많은 참새와 달리 덩치가 큰 비둘기는 내가 보든 말든 부리로 땅을 쪼느라 바쁘다. 손뼉을 치자 비둘기 녀석, 못마땅한 듯 전깃줄로 날아올라 앉는다.

오후가 되자 깨밭 주인 할머니가 밭으로 나오셨다. 깻단을 이리저리 살피시더니 몇 군데로 나누어 쌓아 놓으셨다. 조금 전까지 무슨 일이 있었는지 할머니는 꿈에도 모르시는 눈치였다. 어디선가 지켜보고 있을 녀석들을 신고해야 하나 말아야 하나 속앓이를 하는 심정을 누가 알아줄까. 하기야 깨가 땅으로 쏟아진 게 죄지, 참새들과 비둘기가 무슨 죄란 말인가. 하늘은 높고 말도 살찐다는 가을인데 새들에게도 깨가 쏟아질 일이 있어야 하지 않을까. 그리하여 오늘 아침에 벌어진 참새와 비둘기의 절도는 완전범죄가 되고 말았다. 다만 내가 입을 꾹 다물 지가 문제다.

개불잡이

숙소를 떠나기 전 산책을 하려 들른 바다는 드넓은 갯벌이 펼쳐졌다. 저 멀리 조개를 캐는 사람도 보이고 물이 막 빠진 곳에서 서성이는 사람도 보였다. 갯벌을 한참을 걸어간 끝에 우리도 바닷물이 찰랑이는 곳에 이르렀다. 걸어오는 도중 물이 채 빠져나가지 못한 곳에서 조개 하나를 주웠는데 그냥 살려 주고 말았다.

그렇게 갯벌을 훑던 내 눈이 멈춘 곳에는 세 명의 남자들이 보였다. 남자들은 삽으로 펄을 파고 있었다. 가만 보니 조금 전 우리가 걸어오던 길에 보았던 구멍들이었다. 우리는 그 구멍들을 보면서 낙지가 들어간 구멍이라고 생각했었다. 들고 있는 작은 플라스틱 양동이에는 반절쯤 찬 수확물이 보였는데 낙지가 아닌 개불이었다. 순간 남편의 눈이 반짝였다. 남편이 좋아하는 해산물 중 하나가 개불이었다. 숙소에서 삽이랑 양동이를 얻어 올걸 아쉽다는 생각을 하며 그들이 개불을 잡는 모습을 유심히 관찰했다. 다음에는 우리도 잡아 보자는 심산이었다. 가만 보니 조금 전 우리가 걸어오던 길에 보았던 수상한 구멍들이 다름 아닌 개불이 숨어들어 간 구멍임을 알았다. 게 구멍과 개불 구멍은 확연히 차이가 났다. 게 구멍은 펄이 시작되는 곳에서부터 자주 눈에 띄었다. 하지만 개불이 숨은 구멍은 수심이 제법 깊은 물이 막 빠져나간 근처에 이르러서야 보였다.

개의 불알을 닮았다 하여 붙여진 '개불', 보기에는 좀 징그러워도 회로 먹으면 단맛도 나고 꼬들꼬들한 식감이 좋아 미식가들이 개불을 즐겨 찾는다고 한다. 어젯밤 우리가 주문한 상에도 개불이 나왔다. 물론 나는 회를 먹지 못해 그 맛을 잘 모른다. 우리는 조개찜과 회가 세트로 되어 있는 메뉴를 주문했다. 개불을 식탁에서만 보다 직접 잡는 모습을 보니 신기했다. 개불의 구멍은 특이해서 쉽게 눈에 띄었다. 남자가 개불 구멍에 삽을 쑥 밀어 넣었다. 남자의 삽에 펄 흙이 그득하게 담겨 나왔다. 삽이 들어갔던 펄 속에는 더 큰 구멍이 보였다. 남자는 지금 개불이 도망치고 있는 중이라고 했다. 이제는 잡으려는 남자와 잡히지 않으려는 개불의 속도전이었다. 남자가 한 삽을 푹 퍼내면 개불은 어느새 펄을 밀고 다른 곳으로 줄달음질 친 후였다. 하지만 도망간 자리가 너무도 뚜렷해 추격하는 사람의 눈을 피할 수는 없었다. 개불이 더 빨랐으면 하고 빌었다. 하지만 매번 승자는 남자의 삽이었다. 깊게 파진 펄 속에서 미처 몸을 숨기지 못한 개불이 보이자 남자의 얼굴에는 승자의 미소가 번진다. 뒤이어 남자는 나오지 않으려 안간힘을 쓰는 개불을 끄집어내는 데 성공했다. 어느덧 남자의 양동이에는 늘어진 개불들이 한가득이었다. 그 개불들이 펄 속에서 끌려 나오는 모습이 안쓰러워 이내 발길을 돌렸다.

개불을 잡는 남자들과 그리 멀리 떨어지지 않은 곳에는 조개를 캐는 여인들이 보였다. 바닷가를 터전으로 살아가는 사람들인 모양이었다. 바닷바람에 얼굴이 얼얼한데도 아랑곳하지 않고 열심히 무언가를 캐내고 있었다. 날카로운 돌들과 조개껍질로 가득한 곳에서 호미로 캐는 것은 바지락이었다. 바지락이 들어 있는 망 안에는 조금 전 놓아 준 조개와 똑같은 조개가 하나 보였다. 그 조개에 관심을 갖는 것을 눈치챘는지, 자신들은 그 조개는 잘 줍지 않는다고 했다. 명주조개라고 부르는데 해감이 쉽지 않기 때문이란다. 그러고 보니 작년 이맘때도 남편과 이곳 서해 바다에 와서 조개를 꽤 많이 주웠다. 바닷물을 받은 양동이에 이틀을 담갔다 삶았는데 펄과 모래가 씹혀 모두 버리고 말았다. 그 조개가 명주조개라는 것을 오늘에서야 알게 되었다.

남편은 아직도 미련이 남는지 개불을 잡는 남자들의 곁에서 붙박이가 된 모양이다. 슬그머니 다가가 남편의 팔짱을 꼈다. 그러자 남편이 아쉬운 표정을 하고는 나를 따라 펄을 나왔다. 남편은 다음에 오면 개불을 꼭 잡겠다고 했다. 하지만 개불을 잡는 것이 그리 만만한 일은 아닌 것 같으니 남편의 소망은 요원해 보인다. 바닷바람에 몸이 더욱 옴츠러들었다. 펄 밖으로 나와 문득 뒤를 돌아보았다. 그곳에는 꿋꿋이 하루하루를 열심히 살아가는 사람들의 모습이 바다와 함께 아름다운 한 폭의 풍경으로 빛나고 있었다.

내가 없는 세상에서

우연한 자리에서 나를 보게 되었다. 지난 주말 서울에 일이 있어 올라갔다가 심야영화를 보게 되었다. 아들과 딸아이가 영화를 좋아하는 엄마를 위해 미리 예매해 놓은 모양이었다. 〈인생은 아름다워〉라는 뮤지컬 영화였다. 남편과 자식을 위해 헌신하며 살아온 주인공 세연은 폐암 말기라는 진단을 받는다. 자신에게 시간이 얼마 남지 않았다는 사실이 무섭고 두렵지만 자신의 아픔을 하소연할 수도 위로받을 수도 없었다. 여전히 남편과 자식들은 아침이면 세연을 바쁘게 불러 댔고 그녀는 고통을 참아 가며 아내와 엄마의 역할을 해야 했다. 그것이 현실이었다. 비가 주룩주룩 내리는 어느 날 창밖을 하염없이 바라보던 세연은 자신이 죽기 전에 하고픈 일들을 적어 본다. 그리고 자신이 가장 빛났던 순간에 함께했던 첫사랑을 찾기로 한다. 남편은 황당했지만 같이 찾아 나서기로 한다. 하지만 우여곡절 끝에 찾은 첫사랑은 이미 세상을 떠난 뒤였다. 세연에게 첫사랑의 죽음보다 더 황당한 것은 자신을 사랑했다고 믿었던 그 사람은 자신의 친구를 사랑했었다는 사실이었다. 그리고 자신을 빛나게 해주었던 사람은 정작 지금 곁에 있는 남편이었다는 것을 깨닫게 된다.

이상하게도 세연이 암과 사투를 벌이면서 남편과 자식들을 뒷바라지하는 모습보다 오히려 세연이 세상을 떠난 후 남겨진 남편과 아이들의 모습을 보면서 가슴이 먹먹했다. 딸의 도시락을 챙기고 아들의 영양제를 챙겨 주는 영화 속 남편의 모습을 보며 내가 없는 세상을 떠올렸다. 우리 아이들이 영화 속의 아들과 딸처럼 학교에 다니던 때를 생각했고, 어느덧 결혼할 나이가 된 현재 아이들의 모습도 생각했다. 양말도 옷도 제대로 찾아 입지 못하는 남편도 떠올랐다. 아침이면 양말을 찾아 달라고 하고, 얼마 전에는 영하권으로 떨어져 날씨가 추워졌다며 따듯한 바지를 찾아 달라고도 했다. 밥도 해야 하고 내 수업 준비도 해야 하는 아침은 그야말로 전쟁터다. 남편은 언제나 나를 불러 대기 바쁘다. 양말 서랍도 열기 싫어해 얼마 전부터 침대 옆에 상자를 마련해 그곳에 속옷과 양말을 넣어 뒀다. 남편의 상의와 바지가 걸려 있는 행거도 바뀐 게 없다. 그럼에도 남편은 언제나 나를 불러 해결한다. 말씨름이 싫어 시간적 여유가 있는 날은 미리 남편이 입을 바지와 상의를 골라 침대 위에 걸쳐 놓는다.

눈물을 손으로 훔쳤다. 옆에 앉았던 아들이 슬그머니 휴지를 내밀었다. 영화를 보면서도 순간순간 나를 불러내곤 했다. 그리고 내가 없는 이 세상도 생각했다. 떠올려 보면 어린 시절부터 지금까지 허랑한 날은 없었다. 정말 열심히 살아온 하루하루들이다. 물론 살아온 날들 중에 실수로 인해 아쉽기도 하고 안타깝기도 한 순간은 있었지만 그래도 후회는 없다. 앞으로 살아갈 날이 그동안 살아온 날보다 많지는 않다. 살아온 세월이 쌓이면 마음을 좀 비워야 할 텐데 이 생각 저 생각으로 밤이면 잠을 설치는 때가 많다. 삶의 종착점, 시작보다 마지막이 진정으로 아름다워야 한다는 생각에 문득문득 힘들다.

헤르만 헤세는 ≪아름다운 죽음의 사색≫에서 나이가 쉰이 되면 기다리는 것을 배우고, 침묵하는 것을 익히며, 귀 기울여 듣는 것도 배운다고 했다. 때문에 허약해지고 나약해지는 대신에 그런 좋은 것들을 가진다는 것은 큰 이득이라고도 했다. 나이 쉰을 넘어 예순이 가까워 오는데도 기다리는 것도, 침묵하는 것도, 귀 기울여 듣는 것도 무엇 하나 제대로 하는 것이 없으니 언제쯤 삶의 이치를 알게 될까. 아니 삶이 끝나기 전에 깨닫기나 할까 걱정이다.

영화가 끝나자 아들은 내 손을 잡고 나는 딸의 손을 잡고 우리는 그렇게 영화관을 나왔다. 이렇게 세상이 아름다운 것을, 내 생애 가장 빛나는 순간이 바로 지금이라는 것을 이제야 깨닫고 있으니 그나마 참 다행이다.

가시박

강 위를 걷는다. 중앙탑 공원을 끼고 흐르는 남한강이다. 물 위로 놓인 다리 양옆에 강물이 찰랑인다. 철로 된 얼거리가 없다면 위험천만한 길이다. 물론 길이 그리 좁지는 않지만 그래도 다리 밑 부분과 강물은 거리 차이가 거의 없다. 수변은 벌써 가을이다. 아침저녁으로 감도는 찬 기온에 식물들도 노랗고 빨갛게 물을 들이고 있는 중이다. 떠날 때를 아는 것이 얼마나 멋진 모습이던가.

건너편으로 보이는 나무들이 유난히 노랗게 빛난다. 강물에 비친 자신의 모습을 보고 황홀해하고 있는 중일까. 하늘은 잔뜩 흐려 있다. 방금 전까지 내리던 비는 그쳤다. 강 위로 내려앉은 박무 때문인지 묘한 분위기를 자아낸다. 글벗과 산책을 나왔다. 벌써 가을이라고, 세월이 이리도 빠르다는 이야기를 나누며 걷는다. 단풍으로 물든 수변 반대편은 색다른 풍경이 펼쳐진다. 잘 가꾼 골프장이 있고, 커피색 단층집이 수변에 자리 잡았다. 가정집인지, 아니면 사무실인지 모르겠지만 골프장과 너무도 잘 어울린다. 물안개는 어느새 골프장 언덕을 기어 올라가고 있는 중이다. 마치 유럽의 어느 한적한 시골 같다는 생각을 했다.

그렇게 이런저런 이야기를 하다 보니 어느새 우리는 강 위를 벗어나 나무들이 노랗게 빛나던 수변 길을 걷는 중이다. 멀리서만 보아야 했을까. 노랗게 빛나던 나무의 실체를 맞닥뜨렸다. 그것은 나무가 아니라 가시박의 덩굴이었다. 주변 모든 나무들을 뒤덮은 가시박의 모습에 실로 말문이 막혔다. 가시박은 아메리카가 원산지이다. 줄기나 잎의 모양이 박과 같고 가시가 나 있어 '가시박'이라고 이름이 붙여졌다고 한다. 귀화식물인 가시박은 번식력이 너무도 뛰어나 우리나라의 산야를 교란시키는 주범으로도 유명하다. 덩굴손이 얼마나 강하고 억센지 주변 식물들을 모두 가릴 판이다. 어디서든 적응을 잘하는 것은 칭찬해 주어야겠지만 주객이 전도되어 손님이 주인 노릇을 하는 듯해 마음이 편치 않다.

분명 멀리서 보았을 때는 노랗게 빛나는 나무라며 아름답다 했다. 하지만 가까이에서 보니 그것이 허상임을 깨닫는다. 이런 경험은 오늘이 처음은 아니다. 그동안 살아오면서 실망하고 아팠던 날이 적잖았다. 그래서 가까이하기보다 그저 적당한 거리를 지키며 그렇게 살자 했다. 〈풀꽃〉을 노래한 나태주 시인은 자세히 보고, 오래 보아야 한다고 했지만 때로는 예외도 있는 법이다. 물론 작고 하찮것없는 존재도 소중하게 여겨야 한다는 시인의 말은 공감한다.

하지만 작게 보이던 그 무엇이 자신의 가슴에 깊은 가시로 박힌다면 선뜻 누군가에게 가까이 다가갈 엄두가 나지 않을 것이다. 가시박도 처음에는 분명 작고 여린 새싹으로 시작을 했을 터이다.

길섶 나무들을 휘덮은 가시박을 자세히 보니 되알진 열매가 덩굴을 따라 꽤 많이 달렸다. 열매는 가시로 덮여 감히 만질 엄두도 내지를 못하게 만들었다. 그것도 자신을 지키기 위한 방법일까. 그래도 그렇지 넓은 잎으로 다른 나무들을 타고 올라와 햇빛을 차단하고 급기야는 그 밑의 식물들을 죽게 만든다니 삶의 방식이 너무도 비열하다는 생각이 들었다. 무릇 삶이 존중받으려면 공생과 공존, 화합과 조화가 있어야 하거늘 가시박에는 그러한 미덕을 찾아볼 수가 없다.

어쩌면 가시박도 사람들에게 한바탕 시달림을 받았을지도 모를 일이다. 생태계의 교란종이라 하여 뽑혀 나간 선조들이 얼마나 많았을까. 그러니 살아남기 위해 강하고 단단한 가시를 저리도 많이 만들어 냈으리라. 그럼에도 가시박의 정체를 알고 나니 산책길이 그리 아름답지 않다는 생각이 들었다. 개나리와 벚나무, 심지어 키 큰 후박나무에도 가시박 덩굴이 주렁주렁 매달렸다. 게다가 노랗게 물든 잎들은 가을바람에 아늘아늘 춤을 추고 있지 않은가. 마치 우리들을 보고 비아냥대듯.

감이 익어 간다

서리가 내리자 풀과 나무들이 옷을 갈아입기 시작했다. 나무에 달린 잎들은 노랗고 붉은색으로 가을을 장식하며 자신들의 계절은 사실 지금이란 듯 화려한 빛으로 사람들을 유혹한다. 하지만 사람의 손에 길들어 여려진 남새는 무서리에 맥도 못 추고 스러져 갔다. 담장을 기어올라 넓은 잎을 자랑하던 호박잎과, 매운맛을 보여주던 고추, 붉은 토마토는 된서리가 내리던 날 밤 급살이라도 맞은 듯 생을 마치고 말았다.

봄부터 시작한 초록 생명들의 여정이 제각기 다른 모습으로 결실을 맺고 있는 중이다. 나무가 가을을 맞고 겨울을 준비하는 모습을 보며 떠날 때의 진정한 아름다움을 생각했다. 자신의 모든 것을 다 내어 주고도 결코 초라하거나 쓸쓸해 보이지도 않는다. 온몸으로 실천하는 거룩한 성자라 해도 과히 틀린 말은 아닐 듯싶다. 사람에게서는 쉬이 볼 수 없는 모습이다. 우리가 옷을 입듯 나무도 서서히 나뭇잎을 이용해 옷을 갈아입기 시작한다. 봄에는 연둣빛으로 시작해 뜨거운 여름에는 진초록으로 세상을 푸르게 물들였다. 그러더니 이제는 알록달록 눈이 부신 가을 무도회를 벌이고 있다.

오랜만에 가을 구경을 했다. 버스 차창으로 보이는 산과 들은 어느새 가을이 절정이라는 것을 보여 준다. 어느 마을을 지날 때였다. 잎을 다 떨군 감나무 한 그루를 보았다. 처연함이다. 주홍 열매를 대롱대롱 달았다. 순간, 가을의 모습은 저런 게 아닐까 하는 생각이 들었다. 그 어디에도 막아 줄 잎 하나 없이 하루하루 고통을 이겨 낸다. 고통이 겹겹이 쌓이는 동안 감은 안으로 삭이며 빨갛게 익어 간다. 잎들은 왜 그리 서둘러 떨어졌을까. 왜 좀 더 열매를 지켜 주지 못했을까. 사과, 배, 복숭아는 열매가 다 익을 때까지 잎들이 얼마나 든든하게 지켜 주던가. 아니 열매를 사람에게 모두 주고도 자신들의 잔치를 화려하게 벌이고 겨울을 맞지 않던가. 잎이 있기에 뙤약볕과 비바람 앞에서도 과일이 견딜 수 있었을 테다. 하지만 감들에게는 그 어디에도 숨을 데가 없다. 그늘도 없이 온몸으로 추운 밤과 뜨거운 낮을 견디고 있는 감들이 대견했다.

익어 가는 감을 보면서 마음 한곳이 아파 왔다. 가을은 풍성하고 흐뭇해야 한다는데 그럴 수가 없다. 어젯밤, 된서리라도 내린 듯 꽃다운 청춘들이 또 스러져 갔다. 6년 전의 4월처럼…. 겨울이 문 앞에 있는데 붉은 청춘들을 달고 있던 나무들은 어찌 견딜까. 꼭 잡고 있을 줄 알았던 열매들이 이리도 무참히 떨어질 줄 누가 알았을까. 핼러윈 데이, 이제는 축제가 아니라 아픔이고 슬픔이다. 아들을 잃고 딸을 잃은 부모에게는 더 이상 축제가 될 수 없다. 산과 들은 단풍으로 가을을 말하고 있건만 우리들 가슴에는 벌써 겨울이 들이닥친 듯 춥기만 하다.

어느새 차는 감나무가 있던 산야를 지나 공장지대를 끼고 달리는 중이다. 거대한 회색 건물들이 즐비하다. 이상과 현실의 경계인 듯, 달라도 너무 다른 풍경이다. 삶도 이런 것일까. 우리 앞에 무엇이 기다리고 있는지는 아무도 모른다.

씨앗의 비밀

서울 역사박물관 정문에 잇대어진 담을 끼고 돌던 참이다. 11월이 되니 길가의 나무들도 모두 시들해져 왠지 쓸쓸함이 감도는 날이었다. 햇빛은 찬란하게 세상으로 퍼지는데 이상하게도 옷깃은 절로 여미게 된다. 이게 바로 늦가을 빛이요, 바람일 거라는 생각을 했다. 잎을 모두 떨궈 낸 억센 담쟁이 가지가 박물관 벽을 단단히도 옭아맸다. 가지 군데군데에 까만 알들이 옹글게도 매달렸다. 사실 처음에는 그것이 담쟁이덩굴인지도 몰랐다. 그도 그럴 것이 잎은 떨어지고 가지만 남았으니 그럴 수밖에 없다. 솔직히 산머루인 줄 알았다. 까만 알만 보고 아는 체를 했더니 서울 사람인 문학회 동인이 그건 담쟁이 씨앗이라고 말해 준다.

우리 집에는 10년도 넘은 산머루 덩굴이 있다. 나무 담을 휘감아 담장의 몰골이 이만저만이 아니다. 그리도 왕성하게 가지가 굵어지고 뻗는 것을 미처 몰랐기에 벌어진 일이다. 이런 걸 아는 만큼 보인다고 하는 것일까. 자세히 보니 이제야 우리 집 산머루 덩굴과는 사뭇 다르다는 것을 깨달았다. 산머루 덩굴은 가지가 굵어지면 울퉁불퉁한 나무거죽이 툭툭 불거진다. 하지만 담쟁이 가지는 억세긴 해도 불거지지는 않았다. 그런데 열매는 아무리 봐도 산머루 알과 너무도 흡사하다. 알만 따서 본다면 구분하기가 쉽지 않겠다.

사실 우리 집에도 담쟁이가 산다. 벽이 아닌 화단 더러더러 놓인 정원석을 휘감았다. 봄이면 너무 뻗지 말라고 싹둑 잘라 내는데 담쟁이는 여지없이 여름을 지나면서 쑥쑥 자라나 돌들을 푸르게 만들어 놓는다. 그리고 가을이면 제일 먼저 물을 들이는 녀석들이다. 생명력이 강하고 욕심도 많은 녀석이니 씨앗을 품고 싶은 마음은 또 얼마나 간절했을까. 그것도 모르고 언제나 봄이 되면 굵은 가지를 잘라 냈으니 씨앗을 만들 틈도 없었을 터이다. 그래 놓고는 씨앗이 없는 줄 알았다고 하니 담쟁이가 억울해할 일이다.

씨앗을 품는 일이 얼마나 숭고한 일이던가. 사람이나 짐승이나 식물이나 무엇이 다를까. 생명을 잉태하는 일은 역사를 만드는 일이다. 어찌 사람에게만 역사가 있다는 말인가. 꽃 속에 심장을 닮은 씨앗을 품은 식물이 있다. 처음 그것을 보았을 때 느꼈던 놀라움이란 무엇으로도 설명하기 어렵다. 풍선초, 열매의 처음은 연둣빛 작은 종이 잎처럼 생겼다. 시간이 지나고 살이 오르면 그 잎은 진초록의 열매가 된다. 그리고 바람을 넣은 듯 부풀어 오른 열매 속에는 작은 알갱이들이 토들토들 굴러다닌다. 그리고 가을에 접어

들면 하나둘 갈색으로 여물어 까만 알들을 토해 낸다. 하얀 심장을 그려 넣은 앙증맞은 까만 풍선초 씨앗, 두 손으로 받쳐 들고는 이리 굴리고 저리 굴려 보았다. 잘 보아야 볼 수 있는 하트, 얼마나 사랑을 해야 그렇게 예쁜 심장을 그려 넣을 수 있을까.

자손을 만들고 그것을 퍼트리기 위해 희생을 마다하지 않는 일은 숨 탄 것에만 한정되는 것은 아니다. 식물들도 각자의 방법으로 자손을 퍼트리기 위해 혼심을 다한다. 씨앗을 화려하게 만들어 새를 유혹한 후에 그 새의 힘을 빌려 자손을 널리널리 퍼트리기도 하고, 씨앗 스스로 바람을 타고 멀리멀리 날아가 자리를 잡기도 한다. 땅 위에 바짝 엎드린 풀들은 사람의 눈을 피해 부지런히 씨앗을 만들어 우두두 쏟아 내는가 하면, 땅속에서 씨앗을 만들어 어느 결에 땅 위로 밀어 올리기도 한다.

그러고 보니 11월은 씨앗의 계절인 듯하다. 잎은 떨어져도 씨앗은 남아 더욱 옹골지게 몸을 달구고, 결국에는 무르녹는 가을과 함께 떨어져 새로운 삶을 위해 땅으로 꽂힌다. 하지만 그것은 결코 끝이 아니다. 새봄이 되면 처음 보았던 모습으로 우리 앞에 화려하게 나타나 달뜨게 만드는 것이 씨앗의 힘이다.

일상의 재발견과 소통의 가치

- 김경순 수필집, 『그럴 줄 알았다』 -

한원균

(문학평론가/한국교통대학교 한국어문학전공교수)

한 편의 수필을 읽는 일은 작가의 삶에 대한 일차적인 관심을 동반하면서 그가 바라보는 시선의 일부에도 동참하는 것이기도 하다. 어떤 삶이 이야기의 대상이 될지, 어떤 시간과 공간이 펼쳐질지 하는 호기심은 수필 읽기의 매력이 아닐 수 없다. 특히 수필을 읽는 일은 특별한 해석과 가치판단이 필요하지 않을 수 있다. 작가의 경험에 대한 기본적인 지지가 전제되어 있고 허구의 글이 아니기 때문이다. 시나 소설의 경우 이차적으로 재구성된 세계이므로 해석과 판단이 요구되지만, 수필은 그 자체로 완결된 세계이고 경험적 가치를 공유할 수 있기 때문이다. 그래서 수필을 해설하는 일은 불필요한 사족(蛇足)이 될 수도 있다. 그럼에도 불구하고 김경순이 펼쳐 보이는 수필의 세계는 공감의 깊이와 시선의 넓이로 인해 일독의 가치가 있으며 공유의 필요성이 돋보인다고 판단된다.

최근 몇 년 동안 우리들의 삶은 일종의 패러다임(paradigm)의 전환을 겪었다고 할 수 있다. 전혀 예상하거나 경험하지 못한 질병으로 인해 새로운 가치판단과 윤리적 감각이 요구되었다. 기존의 질서는 근본적으로 재편되었으며 세계를 바라보는 시선 또한 바뀌지 않을 수 없었다. 이때 우리들의 생각을 완전히 전환하게 한 것이 바로 '일상'이라는 질서이자 규칙이다. 일상 혹은 일상성은 우리들의 삶을 제한하거나 억압하는 코드(code)라고 생각해서 '벗어날 수 없음'으로만 인식해 왔던 것이 사실이다. 하지만 이제 일상은 언제나 그 자리에서 우리들로 하여금 평온함을 가져오게 한다는 점을 새삼 깨닫게 된 것이다. 즉 잃어버린 일상의 소중함을 이해하게 된 것이다. 특별한 사건이나 변화가 일어나지 않는 시간의 지속성이 삶의 가치를 판단하는 중요한 요인이 된다는 것, 이를 통해 심리적으로 안정감을 성취하고 매일매일이 소중하다는 깨달음을 얻는 것이 일상의 사회적 기제가 된 것이다. 그러한 일상은 서로의 삶을 이어 주는 메카니즘이자 '나'의 실존을 가능하게 하며, 마페졸리(Maffesoli)가 언급했듯, 그들은 '동시대 사람들의 세계'와 '타자지향'을 통해 '체험된 이웃(마페졸리, 《일상생활의 사회학》)'을 경험하게 한다. 이 일상과 소통의 방식이 김경순 수필의 디테일이자 수원(水源)이라 할 수 있다.

김경순의 수필에는 언제나 타자가 존재한다. 글쓰기와 관찰의 대상으로서가 아니라, 존재의 방법과 근원에서 언제나 타자를 만나는 것이다. '그냥 있음'이 아니라, '나의 존재가 가능하게 하는 있음'으로서의 타자야말로 진정한 타자성에 대한 이해이기 때문이다. 물 위에 떠 있는 소금쟁이의 존재를 통해 "무위자연의 경지"나 "가벼움"에 대한 성찰이 필요하다는 생각(《소금쟁이 철학》)이 주제의식을 이루고 있는 듯이 보이지만, 실상 봄이면 어김없이 피었다가 어느새 사라지는 목련 앞에서 "세월호 아이들이 바닷속으로 사라진 4월의 봄"이 내재되어 있기 때문이다. 이웃하던 집에서 살던 "뒷집의 그 남자"가 남긴 폐허의 추억들(《옆집의 재발견》), 제주도 여행지의 아름다운 풍경화를 완성하는 "바다에서 불어온 바람" 역시 "돌담집의 남자"(《일상》)의 존재가 있어야만 가능한 것도 이 때문이다.

일상의 재발견과 소통의 의미는 여정(旅程)의 의미를 묻는 방법에서도 찾을 수 있다. 여정이란 '다른 공간'으로 이동을 의미한다. 이때 이 다른 공간은 낯설지만 친숙하고 가장 이웃하고 있지만, 생경한 경험을 가능하게 한다. 따라서 여행이란 '지금 여기'에 존재하는 유토피아, 즉 헤테로토피아(Hetertopia)인 것이다. 사막의 열기가 느껴지는 두바이의 도시에서 만난 상인들은 어쩌면 가장 '낯설고 두려운' 존재에 대한 경험이 아닐 수 없다(《환대》). 불가리아와 루마니아를 '이어 주는' 국경에서 책을 읽는다는 것은(《그 노새는 장님이었다》) 내가 살던 익숙한 세계를 '단절하면서 새로운 체험을 가능하게 하는', '낯설게 하기'를 통한 존재론적 확인행위이다. 흑해 해변을 유유히 날던 갈매기 한 마리는 한없이 낯선 대상에 대한 기표이자 마음이 지향하는 낯선 세계에 대한 동경의 상징이 아닐 수 없다.

김경순의 수필은 일상과 소통의 의미를 새롭게 직조한다. 그가 발견하고 추구하고자 하는 가치란 언제나 우리들의 시간과 경험의 울타리 내에 사소하게 존재한다. 하지만, 그 '사소함'이야말로 삶을 이해하고 타인과 연결하며 우리들의 시대를 증명하는 중요한 좌표가 아닐 수 없다. 향후 그가 재발견하고 의미화하는 세계를 관심 있게 지켜봐야 할 이유이기도 하다.

그럴 줄 알았다

초판 1쇄 발행 2023. 1. 31.

지은이 김경순
펴낸이 김병호
펴낸곳 주식회사 바른북스

편집진행 김재영
디자인 양헌경

등록 2019년 4월 3일 제2019-000040호
주소 서울시 성동구 연무장5길 9-16, 301호 (성수동2가, 블루스톤타워)
대표전화 070-7857-9719 | **경영지원** 02-3409-9719 | **팩스** 070-7610-9820

•바른북스는 여러분의 다양한 아이디어와 원고 투고를 설레는 마음으로 기다리고 있습니다.

이메일 barunbooks21@naver.com | **원고투고** barunbooks21@naver.com
홈페이지 www.barunbooks.com | **공식 블로그** blog.naver.com/barunbooks7
공식 포스트 post.naver.com/barunbooks7 | **페이스북** facebook.com/barunbooks7

ISBN 979-11-92942-10-0 03810